大伴旅人

Otomo no Tabito

中嶋真也

コレクション日本歌人選041
Collected Works of Japanese Poets

笠間書院

『大伴旅人』——目次

凡例

一、本書には、奈良時代の歌人大伴旅人の歌を三十九首載せた。

一、本書は、『万葉集』に収められた大伴旅人の歌を、可能な限り作歌順に辿れる配列とし、旅人の作品を、その人生に即しながら深く味わえるように重点をおいた。

一、本書は、次の項目からなる。「作品本文」「出典」「口語訳」「鑑賞」「題詞」「左注」「語釈」「脚注」・「歌人略伝」「略年譜」「解説」「読書案内」「付録エッセイ」。

一、作品本文と歌番号は、主として『万葉集』（和歌文学大系　明治書院）に拠り、適宜読みがなをあてて読みやすくした。歌番号は『旧国歌大観』の番号に拠る。

一、鑑賞は、基本的には一首につき見開き二ページを当てたが、重要な作には特に四ページを充てたものがある。

大伴旅人

01

昔見し象《きさ》の小河《をがは》を今見ればいよよ清《さや》けくなりにけるかも

【出典】万葉集・巻第三・雑歌・三一六

昔見た吉野の象《きさ》の小川を今見ると、一層すがすがしくなりましたよ。

【題詞】暮春《ぼしゅん》の月、芳野の離宮《とつみや》に幸《いでま》せる時に、中納言大伴卿、勅《みことのり》を奉《うけたまは》りて作る歌一首。并せて短歌　未だ奏上を経ぬ歌。

【語釈】○さやけし—見るもの、聞くものの清澄さから受ける、すがすがしい気持ち。

『万葉集』に収められた旅人の詠歌《えいか》の中で、最古の作。「昔」と「今」とを、同じ対象「象《きさ》の小河」を同じ動詞「見る」で重ねている。「象の小河」は吉野を流れる川。『万葉集』において、吉野は、*持統《じとう》天皇がたびたび行幸《ぎょうこう》し、*柿本人麻呂《かきのもとのひとまろ》がそれに従い歌を残したように、その地を訪れた天皇とともに宮、山や川が賞美《しょうび》される重要な土地であった。この歌では「昔見し」*と詠まれ、旅人自身かつてこの地を訪れたことがあったようだ。持統天皇の行幸にも供奉《ぐぶ》していたのだろうか。「昔」と「今」は単純な対照ではない。「いよよ」に象徴されるように、以前も「さやけ」しと把握される景《けい》であったが、今ますますの「さやけ」さであることに気付いたと表現されている。それは現世《げんせ》を讃美《さんび》する姿勢に他ならない。この歌は*一首前の長歌《ちょうか》の反歌であるが、長歌では、過去と現在の対比はなされず、「万代《よろづよ》に　変《かは》らずあらむ　行幸《いでまし》の宮」と未来永劫《みらいえいごう》の栄華《えいが》を推量してまとまっている。なお、旅人の『万葉集』中の長歌はこの一首のみである。

この歌が何年に詠《よ》まれたか明確でないが、*題詞《だいし》から、「暮春の月」（三月）の吉野行幸である。神亀《じんき》元年（七二四）二月に即位した*聖武《しょうむ》天皇は、三月一日から早速吉野に行幸しており、その際の詠《えい》かと考えられている。「*勅《みことのり》」を受けて、作歌《さっか》した旅人。気の向くままに詠んだのではない。しかし、奏上《そうじょう》されることはなく、聖武天皇がこの歌を聞くことはなかった。『万葉集』に収められることで、永遠の命を得、吉野の清澄《せいちょう》なイメージを現代に伝えているのである。

時に旅人は六十歳。著名な歌人の中で『万葉集』デビューはおそらく最も遅いだろう。しかし、瑞々《みずみず》しく、若々しく思える感性のほとばしる歌が多い。

*持統天皇―第四十一代天皇（六四五―七〇二）。天智《てんじ》天皇皇女で、天武天皇皇后。

*柿本人麻呂―万葉集の奈良遷都以前を代表する歌人。

*昔見し―「し」は経験過去を示す助動詞「き」の連体形。

*一首前の長歌―「み吉野の　芳野の宮は　山《やま》からし　貴《たふと》くあらし　水《かは》からし　清《さや》けくあらし　天地《あめつち》と　長く久しく　万代《よろづよ》に　変《かは》らずあらむ　行幸《いでまし》の宮」（巻三・三一五）という短めの長歌。

*題詞―万葉集の歌の前に記された歌人や作歌事情を記した箇所の説明用語。

*聖武天皇―第四十五代天皇（七〇一―七五六）。藤原不比等《ふひと》の娘光明子《こうみょうし》を皇后とした。

*勅―天皇の命令。

02

橘《たちばな》の花散る里のほととぎす片恋《かたこひ》しつつ鳴く日しそ多き

橘の花が散る里のほととぎすは、満たされぬ恋心を抱きながら、鳴いている日が多いのです。

【出典】万葉集・巻第八・夏雑歌・一四七三

大伴旅人は、大宰帥《だざいのそち》すなわち大宰府の長官として、奈良の都から九州に下向《げこう》して間もなく、妻の＊大伴郎女《いらつめ》を病《やまい》で亡《な》くした。神亀《じんき》五年（七二八）晩春か初夏。旅人は正三位《しょうさんみ》で中納言《ちゅうなごん》でもあり、当時の法令の規定により、弔問《ちょうもん》の勅使《ちょくし》が来訪した。この歌は、その弔《とむら》いの後、勅使らと大宰府近くの＊記夷城《きいのき》に登った時の詠《えい》で、勅使石上堅魚《いそのかみのかつお》の次の歌に＊和《わ》したものである。

＊ほととぎす来鳴《きな》きとよもす卯《う》の花の共《とも》にや来《こ》しと問はましものを

【題詞】大宰帥大伴卿《きやう》の和《こた》ふる歌一首。

【語釈】○橘―初夏に芳香を有する白い花を開き、冬に小形の黄色い実が成る。ほととぎすと共に夏の景物として歌に詠まれることが多い。

＊大伴郎女―詳細不明。「いら

初夏を彩《いろど》るホトトギスと「卯の花」とを取り合わせる。『万葉集』にしばしば見られる景物《けいぶつ》の組である。「問はましものを」の「まし」*が示すように、ホトトギスが「卯の花」と一緒に来たのかとは、実際には尋《たず》ねていない。「卯の花」が散った後なのにホトトギスが鳴いている状況を述べただけかもしれないが、妻を亡くした旅人への弔意《ちょうい》を示す可能性はあろう。この歌に対し、旅人は「卯の花」ではなく「橘」で和した。ホトトギスが共通するように、あたりがホトトギスの声で満ちていたのは間違いない。旅人には橘が散る景を惜《お》しんでいるように聞こえたようだ。「恋」とは、その対象が不在で、満たされぬ思いを示す、古代文学における重要なことばである。しかも「片恋」は一方的な「恋」で、対象の不在感は一層際立《きわだ》つ。そのように「片恋」しながら鳴くホトトギスは今一瞬の姿ではない。「鳴く日しそ多き」と何日も何日も、「橘」の不在を悲しみ鳴いているのであった。散りゆく「橘」は亡き妻大伴郎女を、ホトトギスは旅人自身を比喩《ひゆ》しているかのようである。旅人にとって、亡妻《ぼうさい》は「卯の花」より「橘」がふさわしいと思っていたのかもしれない。

つめ」とは、女性への親愛の情をこめた称。

*記夷城—大宰府の西南の基山《きざん》に築かれていた山城。

*和した—万葉集の題詞に見る「和歌」は、「和《こた》ふる歌」と訓読され、「やまと歌」の意ではなく、前の歌に調和させる意の「和歌」である。

*ほととぎす…—ほととぎすがあたりを響かせて鳴いて来ています。卯の花と一緒にやって来たのかと尋ねようとしましたけれど（巻八・一四七二）。

*まし—反実《はんじつ》仮想《かそう》の助動詞。現実に反することを仮に想うことを表現する。「〜ましかば…まし」の形でしばしば現れる。そこで述べられていることは現実の逆となる。

03

うつくしき人の纏《ま》きてし敷妙《しきたへ》の吾《わ》が手枕《たまくら》を纏く人あらめや

【出典】万葉集・巻第三・挽歌・四三八

―かわいいあの人が枕にしていた敷妙の私の手枕を枕にする人はこの先いるだろうか、いやいないだろう。―

題詞と左注《さちゅう》より、神亀五年（七二八）、旅人が妻を失ってから「数旬」つまり数十日を経《へ》て作った歌である。「故人」ということばは、中国古典では「旧知の人」を指すが、ここは明らかに現代の日本で用いる「亡き人」の意味であり、注目される。

「うつくし」は肉親に対するいつくしみを込めた愛情で、小さなものへの思いも託《たく》される。旅人にとって妻は「うつくしき人」であった。その人は、

【題詞】神亀《じんき》五年戊辰、大宰帥大伴卿、故人を思ひ恋ふる歌三首。

【左注】別れ去《い》にて数旬《すうじゅん》を経《へ》て作る歌。

【語釈】○敷妙の―「枕」にかかる枕詞。「しきたへ」は敷き布のことで、寝床に敷く

旅人の手枕《たまくら》で、睦言《むつごと》を述べたのかもしれないし、小さな寝息を立てていたのかもしれない。そんな甘い記憶が「纒《ま》きてし」の過去に凝縮《ぎょうしゅく》される。しかし、それは思い出でしかない。しかも「纒く人あらめや」という推量を含む反語《はんご》の表現は、この先もう二度と手枕をする人はいないのだということを示す。現在のみならず、未来に続く孤独が表現されているのである。永遠の独《ひと》り寝である。「かなし」「さぶし」などの感情表現や、「泣く」「嘆く」といった動作で示すこともなく、淡々とした中に、残された人の悲しみを切々と伝えている。それが幸せの象徴である共寝《ともね》を詠むことで、過去と現在・未来との痛々しいまでの対比を通じて、読み手の胸に迫って来るのである。

六十歳を越えて、亡くした妻を「うつくしき人」と表現し、このような美しい追憶《ついおく》を詠む旅人の心持《こころもち》は、驚くほどに若々しい。

なお『万葉集』では題詞に「三首」とあり、この歌の後に、亡き妻への思いを詠む二首を収められているが、それは明らかに大宰帥《だざいのそち》を終え、上京する時の詠なので、その段階で鑑賞することにする（28）。

ことから枕詞になったと考えられている。〇あらめや—「めや」は推量の助動詞「む」の已然形＋疑問・反語の助詞「や」。この形で反語「〜だろうか、いやそうではない」という強い打消を示す。上代特有の表現。

04

世の中は空《むな》しきものと知る時しいよよますます悲しかりけり

【出典】万葉集・巻第五・雑歌・七九三

世の中は空しいものと知る時、よりいっそう悲しいことに気付きました。

「むなし」と「かなし」と、晴れない気分の形容詞が中心になっている一首。世の中の空しさを何かで知った旅人は、その時悲しいと気付いたという。注意すべきは、第四句「いよよますます」と、現状よりも程度が強くなることを示す表現が用いられている点である。つまり今までも「かなし」の気持ちに覆《おお》われていた旅人は、世の中が「むなし」であることを知り、一層《いっそう》「かなし」くなったことに気付いたというのである。

【題詞】大宰帥大伴卿、凶問《きようもん》に報《こた》ふる歌一首。禍故《くわこ》重畳《ちようでふ》し、凶問累集《るいじふ》す。永く崩心《ほうしん》の悲しびを懐《むだ》き、独り断腸《だんちやう》の泣《なみた》を流す。但《ただ》し両君《りやうくん》の大助《たいじよ》に依《よ》りて、傾命《けいめい》纔《わづ》かに継《つ》ぐのみ。筆《ふで》の言《こと》を尽くさぬは、古今《ここん》に歎《なげ》く所なり。

旅人が「むなし」「かなし」と詠《えい》じたきっかけは何であろうか。左注に「神亀五年六月二十三日」とあり、02・03で見てきたように、妻の死から時はさほどに経っていない。自らを片恋に鳴くホトトギスになぞらえたり、手枕の孤独を詠じた旅人にとって、「かなし」の要因を妻の死に求めるのは自然であろう。「むなし」はどうか。題詞に「凶問《きようもん》に報《こた》ふる」とある。「凶問」とは凶事《きようじ》の知らせと解される。具体的な記載はないが、漢文序《かんぶんじよ》に「禍《くわ》故重畳《こちようでふ》し、凶問累集《るいじふ》す」とあり、訃報《ふほう》が重なったようだ。断腸《だんちよう》の思いの涙を流し、誰を指すか不明だが、「両君《りやうくん》」という二人の男性の支えで命をつないでいるともいう。具体性は欠くが、悲しみが強い状況であることは間違いない。

「世の中」「むなし」は仏教的なイメージの強い言葉である。身近な人の死に接し、悲しい思いに浸《ひた》っていた中、仏典《ぶつてん》で見知った説を実感し、個人的な悲しみを一層強くしたという一首なのではなかろうか。

旅人と*憶良《おくら》を中心とした大宰府での詠を軸とした『万葉集』巻第五はこの歌から始まる。二十巻ある『万葉集』中、最も重く暗い歌で始まる巻である。

【左注】神亀五年六月二十三日。

【語釈】○悲しかりけり―「けり」は気づきを示す助動詞。詠嘆性を帯びることもある。

*憶良―山上憶良。奈良時代の官人で歌人。旅人が大宰帥として赴任した時の筑前《ちくぜん》国（現在の福岡県北西部）の国守。旅人との交流の中で、思想性の濃い歌や、子供や貧者などへ目を向けた独特な歌境を開く。天平五年（七三三）七十四歳で没したと考えられ、旅人より年上であった。

05

竜《たつ》の馬《ま》も今も得《え》てしかあをによし奈良の都に行《ゆ》きて来《こ》むため

【出典】万葉集・巻第五・雑歌・八〇六

竜の馬も今すぐにでも手に入れたいのです。あをによし奈良の都に、行って帰ってくるため。

歌の前に漢文の序のような書簡《しょかん》がある。大意は次の通り。「お手紙を頂戴《ちょうだい》し、かたじけなく存じます。あなた様のお気持ち、詳細に承《うけたまわ》りました。お手紙拝読後、にわかに天の川を隔てた牽牛《けんぎゅう》のようにあなた様を恋しく思い、また、水かさが増しても約束した女性の来るのを待ち続け、橋柱を抱いて水死した尾生《びせい》*のように、あなた様をお待ちする心がしきりで心を痛めています。ただ願うことは、お互いに無事に日を過ごして、お目にかかれる日をひ

【題詞】歌詞両首大宰帥大伴卿。

【語釈】○あをによし―「奈良」にかかる枕詞。奈良時代以前からも用いられ、「奈良の都」にかかるのではない。

*尾生―中国、春秋時代、魯《ろ》国の男。橋の下で女性と逢

たすらに待つことです」。遠く離れた所に住んでいる人との、書簡のやりとりであるが、この書簡自体の作者を旅人とする説と、別人を考える説とがある。間に挟《はさ》む中国古典のエピソードからすると、この書簡は男性の立場であるのは間違いない。その相手とは恋情《れんじょう》を抱く間柄《あいだがら》のようだが、漢詩文では君子《くんし》や友人を恋人に譬《たと》えることは珍しくなく、女性が相手であるとは表現だけからは述べきれない。

　第一句「竜《たつ》の馬《ま》」は、漢語「竜馬《りゅうめ》」の翻訳語。「竜馬」は羽《はね》と翼を持ち、一瞬にして天を駆《か》けるイメージがある。旅人が詠んだのは、すぐに都へ行きたいという思いだけではない。「行《ゆ》きて来《こ》む」とあるように、都に行って、大宰府《だざいふ》に戻って来ることをも表現しているのである。「竜の馬」の表現効果は、往復のスピードだけではない、都の滞在期間の短さをも示すことにまでつながっていよう。それは瞬時でも帰郷したいという切なる願いに他ならない。このような望郷《ぼうきょう》の念は、大宰府での旅人詠に、さまざまな形で表れている。

　この歌の場合、ただひたすらに都に行きたいというのではなく、大宰府へ戻って来ることをも表現している点が面白い。旅人は必ずしも大宰府での生

う約束をして待っていたが、女はやって来ず、大雨で川が増水しても約束を守って尾生は去らず、ついに溺死《できし》したという史記などに見る故事で知られる。馬鹿正直を意味する「尾生《びせい》の信《しん》」ということわざにもなった。

活すべてを打ち遣《や》りたいわけではないのである。
この歌は一首のみでなく題詞に「両首」とあるように、次の二首目がある。

＊現《うつつ》には逢《あ》ふよしもなしぬばたまの夜の夢《いめ》にを継《つ》ぎて見えこそ

「ぬばたまの」は「夜」にかかる枕　詞《まくらことば》。第五句の「見えこそ」の「こそ」は連用形接続で文末に用いられ、希望を表わす上代《じょうだい》特有の語。この歌では、都と大宰府とでは現実の逢会《ほうかい》がかなわないので、夜の夢の中では継続して見えていてほしいと願っている。前歌で願った「竜の馬」であるが、現実の取得は無理という感覚もあろう。「ぬばたまの夜」というように、星も見えないような暗闇《くらやみ》なのかもしれないが、妻を亡くした旅人は、既に独り寝の孤独を詠んでいた（03）。夜の眠りは辛《つら》いものだったに違いない。そういった状態で夢に希望を託すのは偽《いつわ》りのない男の心情でもあろう。尤《もっと》も『万葉集』において、「夢」と「現《うつつ》」とを対比させることは、

＊現には直《ただ》にも逢はず夢にだに逢ふと見えこそ我が恋ふらくに

のように、旅人以前からの常　套《じょうとう》的表現であった。相手を恋しく思う、旅人自身の切実な夢への願いを感じ取ってよかろう。しかし、ここで逢会を望む相手は、亡き妻ではなく、手紙の相手である。なお、人が夢に見えるのは、

＊現には逢ふよしもなし……―現実には、逢う手段もありません。ぬばたまの夜の夢に、ずっと見えてほしいものです（巻五・八〇七）。

＊現には直にも逢はず……―現実には、直接逢わない。せめて夢にだけでも、逢うと見えてほしい。私が恋しく思っているのだから（巻十二・二八五〇・正述心緒・人麻呂歌集）。

*我《わ》が背子《せこ》がかく恋ふれこそぬばたまの夢に見えつつ寝《い》ねらえずけれ

のように、相手が自分を思っているからという考え方があった。夢での逢瀬《おうせ》を望むのは、相手に自分を思い続けてほしいという願いでもある。

旅人の二首には、奈良にいる人からの次の「答歌二首」がある。

*竜の馬を吾は求めむあをによし奈良の都に来《こ》む人の為《た》に

*直《ただ》に逢はずあらくも多く敷妙《しきたへ》の枕さらずて夢にし見えむ

旅人が詠んだことばを生かした、直接的な「答歌《とうか》」になっている。前の歌は、来ることだけしか言わず、後の歌はあなたのことを思って、あなたの夢に現われようという、ある面、頼もしい内容である。この答歌を詠んだ人が誰かはわからないが、もし、男同士のやりとりだと仮定すると、枕の傍《そば》を離れないというのは極めて粘着質な表現であって、個人的には冗談でも口にしたくないが、ここでは擬似的《ぎじてき》な恋の感覚として許されるのだろう。

*我が背子が……──私の愛しい方が、これほどまで恋しく思っているからこそ、(ぬばたまの)夜の夢に姿が見えながら、寝られなかったのですね(巻四・六三九・相聞・娘子)。

*竜の馬を……──竜の馬を私は探しましょう。あをによし奈良の都に来ようとする人のために(巻五・八〇八)。

*直に逢はず……──直接に逢わない日が多く重なり、敷妙の枕を離れないで夢に姿が見えるようにしましょう(同・八〇九)。

06

やすみしし吾《わ》が大王《おほきみ》の食《を》す国は日本《やまと》も此間《ここ》も同《おな》じとぞ念《おも》ふ

【出典】万葉集・巻第六・雑歌・九五六

―やすみしし我が大君のお治《おさ》めになっている国は、大和もここ大宰府も同じだと思います。―

【題詞】帥大伴卿の和《こた》ふる歌一首。

【語釈】○やすみしし―「大王《おほきみ》」にかかる枕詞。かかり方未詳。

大宰府の長官は帥《そち》といったが、次官には大弐《だいに》と少弐《しょうに》とがあった。旅人が大宰帥として着任した時の少弐は石川足人《たるひと》という人物だったが、足人は神亀《じんき》五年（七二八）に都に帰った。この石川足人が、「*さすだけの大宮人《おほみやびと》の家と住む佐《さ》保《ほ》の山をば思ふやも君」と詠んだ。「さすだけの」はかかり方未詳だが「大宮」にかかる枕詞《まくらことば》。「大宮人」は宮中で働いている人のイメージ。「佐保山」は平*城宮北東の丘陵地帯で、平城京の外側にある。「大宮人の家」としてふ

*さすだけの…―さすだけの大宮人が家として住む佐保の山を思い出していますか、

さわしいようだが、平城京内に官人《かんじん》が住んでいたことは明らかで、佐保だけが官人の住宅街だったわけではない。「佐保」は『万葉集』でも、よく詠まれた地名だが、「佐保大納言《さほのだいなごん》」として登場する人物がいた。佐保に邸《やしき》を構えていた、他ならぬ旅人の父、大伴安麻呂《おおとものやすまろ》である。旅人も「佐保」に住んでいたと想定される。この足人の「さすだけの」という挑発《ちょうはつ》めいた歌に、和《わ》したのが旅人の歌である。天皇が支配する国は、ここ大宰府も大和国も同じだと思うという。お上《かみ》の支配下、差はないのだと、極めて大義に従った考えであり、大宰帥としてあるべき姿をことばにしているといえよう。ただ、望郷の念にかられた部下をたしなめているのかどうかは不明。

　本書では、この先も部下との関係性がうかがえる旅人詠を見ていくことになるが、総じて、部下に親しまれた大宰帥旅人の姿が浮かび上がってくる。旅人と愉快《ゆかい》な仲間達のような雰囲気だったのではなかろうか。この歌でも、ほろ酔いの足人――もしかしたら都に帰ることが決まっていたからかもしれない――が、「都かあ」とうらやましがっている長官に、「佐保山を思い出していらっしゃいますか」と親しげに聞いたら、旅人はニヤリとしながら、大《おお》真面目《まじめ》な表現を有する歌を詠んだのではないかと想像したくなる。

あなた（巻六・九五五）。

＊平城宮―平城宮は、東西約一・三キロ、南北約一キロで、東側に張り出し部がある。内裏《だいり》（天皇の住まい）と官衙《かんが》（官僚の働く場）からなる。現在でいえば、皇居と霞が関とを併《あわ》せ持つ空間。平城京は平城宮を有し、かつ官僚のみならず庶民の家も含んだ巨大な京。平城宮跡は、世界遺産に認定され、現在朱雀門《すざくもん》や大極殿《だいごくでん》が再現されている。

07

いざ児等《こども》香椎《かしひ》の潟《かた》に白妙《しろたへ》の袖《そで》さへ濡れて朝菜《あさな》摘みてむ

【出典】万葉集・巻第六・雑歌・九五七

さあさあみなさん、この香椎《かしい》の干潟《ひがた》で白妙の袖まで濡らして朝菜を摘んでしまいましょう。

神亀《じんき》五年（七二八）冬十一月、旅人たち大宰府の官人一行は、香椎廟《かしいびょう》に参拝《さんぱい》した。そこは今の香椎宮（福岡市東区《ひがしく》）のことで、*仲哀《ちゅうあい》天皇・*神功《じんぐう》皇后を祭る宮として崇拝《すうはい》されたようだ。参拝後、馬を香椎の浦に留《と》めて、官人たちは歌を作った。

この旅人歌はその一首目である。「いざ児等《こども》」と皆に呼びかける表現で始まるように、実際最初に詠まれたのであろう。「袖《そで》さへ濡れて」とは、袖ま

【題詞】冬十一月、大宰の官人《くわんにん》等《ら》、香椎《かしひ》の廟《みや》を拝《をろが》みまつり、訖《をは》りて退《まか》り帰る時に、馬を香椎の浦に駐《とど》めて各《おのもおのも》懐《おもひ》を述べて作る歌。
帥大伴卿の歌一首。

【語釈】○児等―コドモは目下の親しいものを呼ぶ称。○

で濡らすことを意味するが、立派な大人たちが、普段濡らすはずもないところまで濡らすところにその行為に夢中になっている様子がうかがえよう。「朝菜」は『万葉集』的な「朝＋名詞」の造語。「菜」はここでは海藻類を指そうが、「摘《つ》む」とあり、小さいものをつまんで行く様子を感じさせる。波《なみ》間《ま》をたゆたう海藻ではなく、おそらく干潟《ひがた》に生えていた海藻を摘むさまであろう。完全に干上《ひあ》がったわけではなく、どこか湿《しめ》り気を帯びた朝の浜辺の様子が、袖を濡らすさまを表現することでリアルに伝わってくる。単なる物見《ものみ》遊山《ゆさん》ではなく、公的《こうてき》な行事であったろう香椎廟参拝後の、大宰府長官としての解放感も感じ取ってよいのではなかろうか。

　この旅人歌の後、次の二首が『万葉集』には載せられている。

＊時《とき》つ風《かぜ》吹くべくなりぬ香椎潟潮干《しほひ》の浦に玉藻《たまも》刈りてな

＊往《ゆ》き還《かへ》り常に我が見し香椎潟明日ゆ後《のち》には見むよしもなし

前者の小野老《おののおゆ》の歌は旅人の提案に応《こた》えていよう。後の宇努男人《うののおひと》の作歌事情は不明だが、男人は当時＊豊前守《ぶぜんのかみ》で、都への帰任《きにん》の挨拶《あいさつ》でもあったかと推測されている。香椎潟で馬を留めたのは、帰任の宴《うたげ》開催のためでもあったかもしれない。

白妙の―袖の枕詞。シロタへは梶の木の皮の繊維《せんい》で織った白い布。

＊仲哀天皇―第十四代天皇。日本武尊《やまとたけるのみこと》の子。九州南部の熊襲《くまそ》征討のため九州に下り、そこで没した。

＊神功皇后―仲哀天皇の皇后。天皇没後、朝鮮半島に遠征し、新羅《しらぎ》を征した。

＊時つ風…―この土地独特の海からの風が吹いてきそうなころになりました。香椎潟の潮の引いた浦で、美しい藻を刈《か》っていきましょう（巻六・九五八・小野老《おののおゆ》）。

＊往き還り…―大宰府への行き帰りに常に私が見ていた香椎潟、明日から後は見るすべもありません（同・九五九・宇努男人《うののおひと》）。

＊豊前守―豊前国は、現在の福岡県東部から大分県北部。「守」は国の長官。

08

隼人《はやひと》の瀬戸《せと》の磐《いはほ》も年魚《あゆ》走る芳野《よしの》の滝になほ及《し》かずけり

【出典】万葉集・巻第六・雑歌・九六〇

隼人の瀬戸の大岩も、鮎《あゆ》が走る吉野《よしの》の滝にはやはり及ばないことよ。

題詞に明確に、吉野への思いが示されている。歌に詠まれる「隼人《はやひと》の瀬戸」は、「隼人の薩摩《さつま》の瀬戸を雲居《くもゐ》なす遠くも吾は今日見つるかも」*と長田《ながた》王が詠んでいる所と同じだろう。鹿児島県阿久根《あくね》市黒之浜と長島との間の海峡、もしくは山口県下関市壇之浦《だんのうら》町と福岡県北九州市門司《もじ》区和布刈《めかり》町との間の早鞆《はやとも》の瀬戸《せと》という説もあり、定かではないが、当時から名所であったのだろう。「隼人」とは古代九州南部に住んだ勇猛《ゆうもう》な人たち。旅人は帥として南

【題詞】帥大伴卿、遙《はる》かに芳野《よしの》の離宮《とつみや》を思ひて作る歌一首。

*隼人の…—隼人の薩摩の瀬戸を、雲のようにはるばる遠くから私は今日見たことよ（巻三・二四八・雑歌・長田《ながた》王）。

九州にも赴《おもむ》いたのであろうか。

この歌は「隼人《はやひと》の瀬戸の磐《いはほ》」をまず提示《ていじ》しているが、長田王が遠くからでも見たことを誇《ほこ》らしげに一首にしたのに対し、旅人は吉野の滝の方がいいと詠じている。激流《げきりゅう》と岩とで構成される景が比較基準となっているのだろう。旅人の吉野志向《しこう》は『万葉集』中に確認でき、旅人の万葉デビューが奏上《そうじょう》されなかった吉野を讃美する歌（01）であることは象徴的でもある。「鮎子さ走る」は、旅人とその子家持《やかもち》とが好んで用いた表現。旅人の志向に即せば、この一首の表現するところは何ら不自然ではない。しかし、赴《おもむ》いた先で、その地を提示しながら、吉野を優れているとする旅人のこの態度はいかがなものか。「作歌態度としては幼稚」*といえなくもない。ウイットに富《と》んだ態度か、現地の人をどこか侮蔑《ぶべつ》する思いか、都人としてのプライドの表れか、いずれにしても旅人はどこか、「隼人の瀬戸」を快《こころよ》くなく思っていたと推測される。なお細《こま》かいことだが、題詞では「芳野《よしの》の離宮《とつみや》」が思慕《しぼ》の対象だが、歌では「芳野の滝」である。『万葉集』中、吉野は天皇の行幸先として離宮《りきゅう》が讃美されるが、その宮の周囲の景、山、川、滝も一体化して讃美されるのが一般的であった。

＊作歌態度…―土屋文明『万葉集私注』における指摘。

09

湯《ゆ》の原《はら》に鳴く蘆鶴《あしたづ》は吾《わ》が如《ごと》く妹《いも》に恋《こ》ふれや時わかず鳴く

【出典】万葉集・巻第六・雑歌・九六一

湯の原に鳴く蘆鶴は、私のように愛《いと》しい方を恋しく思うからだろうか、時定めず、ずっと鳴いている。

【題詞】帥大伴卿、次田《すきた》の温泉《ゆ》に宿り、鶴《たづ》の喧《な》くを聞きて作る歌一首。

【語釈】○湯の原―温泉のある原。地名化しているとする説もある。○蘆鶴―蘆《あし》の生えている所にいる鶴。鶴は蘆辺《あしべ》にいることが多いので

題詞の「次田《すきた》の温泉《ゆ》」は福岡県の二日市温泉*《はっかいち》。旅人がそこに宿《やど》った時に、鶴が、かしがましく鳴いているのを聞いた。夜の一声《ひとこえ》を聞いているわけではない。題詞の「喧」に示される喧騒《けんそう》の感覚は、第五句「時わかず鳴く」と時を一瞬たりとも分かたない、間断《かんだん》なく鳴くさまと対応する。一首がそれで終わるように、鶴の止《や》まない鳴き声は、温泉宿の旅人の心を強くゆさぶったに違いない。『万葉集』では鶴の鳴き声が慕情《ぼじょう》をかりたてることは少なくない。

この歌は鶴の鳴き声への関心が強いが、「吾《わ》が如《ごと》く妹《いも》に恋《こ》ふれや」とその鳴く鶴に、「や」の疑問をはさみながらではあるが、自身の現状を直接的に重ねる。「恋」ということばは、不在《ふざい》の対象への感情の吐露《とろ》である。旅人がここで詠む「妹」は大宰府で亡くした妻であろう。おそらく寝床で聞く、騒がしいまでの鶴の声、どうしてここまで必死に鳴くのだろうかと思う瞬間に自身の置かれた状況が重なってきたのではないだろうか。旅人の本心は、亡き妻を思い出すと、大声を出して、しかもずっとずっと泣き続けたいというものであっただろう。しかし「*音のみし泣かゆ」などと詠むわけでもなく、悲しい思い出をそっと鶴になぞらえてことばに託すのみであった。さりげない歌だが、旅人の深い悲しみを教えてくれる一首である。

二日市温泉は大宰府に近いこともあって、旅人は度々《たびたび》出かけていたのかもしれない。もしかしたら、亡き妻と出かけたこともあったのかもしれない。そして、鶴の鳴き声を妻も聞いていたかもしれない。ひたすらに鳴き続ける鶴の声を聞く旅人の胸の中を去来する思いはどういうものだったのだろうか。

いう。○恋ふれや—已然形＋「や」という上代特有の用法。〜だからだろうか、のように理由を含みながら疑問、もしくは反語で解する。

*二日市温泉—福岡県筑紫野《ちくしの》市《し》二日市にある。旧名武蔵温泉。大宰府都府楼址《とふろうあと》の南二キロほどにある。夏目漱石が新婚旅行で訪れた地でもある。

*音のみし泣かゆ—「声に出して泣けてくる」という意。『万葉集』にはしばしば見られる表現である。

10

君がため醸《か》みし待酒《まちざけ》安《やす》の野《の》に独りや飲まむ友無しにして

【出典】万葉集・巻第四・相聞・五五五

あなたのために醸造《じょうぞう》した待酒を、安の野で、独りで飲むのでしょうか、友もいないままに。

題詞《だいし》より、大宰府次官であった丹比県守《たじひのあがたもり》が民部卿《みんぶきょう》（民部省の長官）になった時の旅人の歌である。丹比県守は左大臣正二位多治比嶋《しま》の第二子で、唐に派遣《はけん》されたこともある知識人であった。父の多治比嶋は持統朝《じとうちょう》で臣下最高位になっており、県守は家柄からしても旅人が心を開いて語り合える貴重な「友」だったと思われる。県守は天平《てんぴょう》元年（七二九。正確には神亀六年。八月五日改元）二月十一日に権参議《ごんのさんぎ》になったことがわかっているが、このあ

【題詞】大宰帥大伴卿、大弐丹《だいにたぢ》比県守《ひのあがたもり》卿の民部卿《みんぶきやう》に遷任するに贈る歌一首。

【語釈】○醸みし―「醸《か》む」は「嚙《か》む」と同源とされる。古くは蒸し米を嚙んで酒を造ったことから生まれたことばとされるが、定かではな

たりの経緯《けいい》は、旅人の作品を考える上でも注意が必要である。
天平元年二月十日、左大臣*長屋王《ながやおう》が国家を傾けようとしているという密告があって、その邸宅が兵に囲まれた。十一日には*舎人親王《とねりしんのう》や*新田部《にいたべ》親王らによる糾問《きゆうもん》があり、そして十二日には長屋王以下一族ことごとく自害《じがい》させられた。いわゆる「長屋王の変」である。その最中の十一日に、大弐正四位《しょうしい》上多治比県守は、弾正尹《だんじょうのかみ》大伴道足《みちたり》などとともに権参議に任命されている。このような事件進行中の臨時の人事は論功行賞《ろんこうこうしょう》の可能性がある。そうなると県守は事件に関わったことになり、在京中であったと考えられる（新大系）。
「待酒《まちざけ》」は、『万葉集』ではこの例のみだが、帰って来る人を待ち、無事に帰ってほしいという願いを込めて作る酒と考えられる。『古事記』には品陀《ほむだ》和気命《わけのみこと》（後の*応神《おうじん》天皇）の帰還を祝って母の*神功《じんぐう》皇后が「待酒を醸《か》みて献《たてまつ》りき」として、その時詠んだ歌が収められている。

*この御酒《みき》は　我が御酒ならず　酒の司《くしのかみ》　常世《とこよ》に坐《いま》す　石立《いはた》たす　少御神《すくなみかみ》
の　神寿《かむほ》き　寿《ほ》き狂《くる》ほし　豊寿《とよほ》き　寿き廻《もとほ》し　奉《まつ》り来《こ》し御酒ぞ　止《あ》さず
飲《を》せ　ささ

ここでは「少御神」が祝いながら献上した酒と表現されており、品陀和気

い。なお旅人がこの歌を詠んだ奈良時代には、麹《こうじ》に拠る酒造りが行われていたことが知られる（播磨国風土《はりまのくにふど》記《き》・宍粟《しそう》郡など）。

*長屋王—奈良時代の政治家（六八四—七二九）。天武《てんむ》天皇の孫。聖武《しょうむ》天皇のもとで左大臣となり、藤原氏を抑えて皇親《こうしん》政治を推進した。

*舎人親王—天武天皇皇子（六七六—七三五）。養老《ようろう》四年（七二〇）日本書紀を完成させて奏上。

*新田部親王—天武天皇皇子。七三五年没。その邸宅の跡に唐招提寺《とうしょうだいじ》がある。

*応神天皇—第十五代天皇。仲哀《ちゅうあい》天皇皇子。中国の歴史書・宋書《そうしょ》に登場するの倭《わ》の五王のうち、「讃」に相当するかと考えられている。

*神功皇后—07参照。

*この御酒は……—この御酒《みき》は私が醸《かも》した酒ではありませ

命にふさわしい呪力《じゆりよく》に満ちた酒となっている。
「安《やす》の野《の》」は、福岡県朝倉郡筑前《ちくぜん》町（旧夜須《やす》町）一帯の野で、大宰府の東南約十二キロのところにある。『万葉集』ではこの一例のみだが、『日本書紀』がに、羽白熊鷲《はしろくまわし》という賊《ぞく》を討伐《とうばつ》してから「我が心則《すなは》ち安《やす》し」と神功皇后がのたまったところからその地名が出た、という伝説を載せる。旅人は単に名詞を並べたのではなく、「君がため醸《か》みし待酒安《まちざけやす》の野《の》に」と神功皇后に由来することばを用いたようだ。

　そして「君がため醸みし待酒」と表現するように、旅人は「君」を待っているのであった。県守が大宰府から新たに都に行くのであれば、「待酒」は不自然である。旅人と「君」は離れていたと見るべきであろう。大宰大弐《だざいのだいに》の県守が何らかの事情で都に赴《おもむ》いている状況であり、旅人は県守が都から帰ってくると信じていたのではなかろうか。

　しかし、政治の大きな流れは、二人の大宰府での再会を不可能にした。再会の時に交わそうと思っていた「待酒」を独りで飲まざるをえない旅人の心中は、言いようのない寂《さび》しいものであったろう。ひろびろとした野、しかも神功皇后が詠じたように――きっかけは残忍《ざんにん》であれ――心穏やかになったは

ん。御酒のことをつかさどる神、常世にいらしゃって、岩の神として立っていらっしゃる少御《すくなみ》神《かみ》が、祝福のために踊り狂って醸し、祝福のために踊り廻って醸して、献上した酒ですよ。留めずに飲んでください、さあ（古事記歌謡・三九）。

ずの「安の野」という地で、旅人は孤独な酒を飲むことになるのだろうかと思っている。これが単なる表現上の問題で、事実でなかったとしても、風流や寂寞《せきばく》といった感覚がないまぜになって我々に迫《せま》って来る。「安の野」は心穏やかになれない旅人の、逆説的な心象風景であり、その孤独がしみじみと伝わってくる一首である。

なお、この歌は題詞に「贈る」とあるように、大宰府の旅人が、都の丹比県守に贈った歌である。「書状に千万言を費し、その端にこの歌を添えたのではなく」歌一首に「すべてが托されたのだろう」という益田勝実氏の推測*に心惹《ひ》かれる。

*益田勝実氏の推測―「挨拶の歌」『益田勝実の仕事3』（ちくま文庫）に拠る。

11

吾《わ》が盛《さか》りまたをちめやもほとほとに寧楽《なら》の京《みやこ》を見ずかなりなむ

【出典】万葉集・巻第三・雑歌・三三一

私の盛りはまた戻ってくるでしょうか、いやそんなことはないでしょう。ほとんど、奈良の都を見ないことになってしまうのでしょうか。

【題詞】帥大伴卿の歌五首。

【語釈】○をちめやも―「をつ」は若返る意。「めや」は上代特有の反語の語法→03。「も」は詠嘆。

この一首、「吾が盛《さか》りまたをちめやも」と、盛りのころは戻らないのだと詠《よ》み出す。決して朗《ほが》らかな思いをさせることはない。さらに「ほとほとに寧楽《なら》の京《みやこ》を見ずかなりなむ」と、奈良の都を見ない状態で終わってしまうのだろうかという暗い疑問を詠《えい》じている。この歌の旅人は、年老い、都に戻ることなく大宰府で死んでしまうのかと思っている姿である。あまりに悲劇的で残酷な内容に思えてもおかしくない。しかし、この歌は単独では成り立たっていない。『万葉集』には、この旅人詠の前に次の三首が関わるように並べられている。

大宰少弐《せうに》小野老朝臣《をののおゆあそみ》の歌一首

*あをによし寧楽《なら》の京師《みやこ》は咲く花の薫《にほ》ふがごとく今盛りなり

防人司佑《さきもりのつかさのすけ》大伴四綱《よつな》の歌二首

*やすみしし吾が大君の敷《し》きませる国の中《うち》には京師《みやこ》し念《おも》ほゆ

*藤浪《ふぢなみ》の花は盛りになりにけり平城《なら》の京を念《おも》ほすや君

題詞に「大宰少弐《だざいのしょうに》」（「少弐」は06参照）、「*防人司佑《さきもりのつかさのすけ》」とあり、大宰府関連の歌が続いている。

小野老の「あをによし」の歌は、奈良の都を美しく詠じた歌として、広く人口《じんこう》に膾炙《かいしゃ》している。都の「盛り」のさまが、花を喩《ゆ》に美しく色彩的に描かれている。しかし、「大宰少弐」が詠んだのである。奈良の都を詠んでいるが、詠出《えいしゅつ》の場は大宰府と考えられる。小野老は天平元年（七二九）三月従五位《じゅごい》上に昇進した。この時、上京し、都の繁栄を目《ま》の当たりにし、大宰府に帰ってから詠んだと推定されている。小野老の昇進と帰府《きふ》を祝う場であったろう。大宰府の官人たちも、小野老の土産話《みやげばなし》に興《きょう》じたことであろう。

*あをによし……—あをによし奈良の都は、咲く花が美しく照り映えるように、今盛りであります（巻三・三二八）。

*やすみしし……—やすみしし私達の大君がお治めになっている国の中では、都のことがとりわけ思い出されます（同・三二九）。

*藤浪の……—藤の花は盛りになりましたよ。奈良の京をお思いですか、あなた（同・三三〇）。

*防人司佑—「防人司」は東国から北九州警備のために派遣された「防人《さきもり》」を管理する役所。その次官が「佑」。

そして大伴四綱の二首が続く。一首目は天皇の支配が広範囲に及んでいることを前提に、その中ではとりわけ都が思い起こされると詠んだ。大君《おおきみ》そして都を讃美《さんび》する一首である。続く歌は「大君」とは区別された「君」に「平城の京」を思い出していますか、と問いかけている。上三句《かみさんく》に藤の花の盛りになった景が詠まれている。この歌は三句切《さんくぎ》れで、直接的に歌の前半と後半は関わるようにはなっていない。しかし、直前の小野老の歌に花の盛りと都の盛りとが重ね合わせられていることで両者が無縁《むえん》でないと判断される。『万葉集』では「盛り」ということばは、一般に花に関して用いられるが、花を詠んだとはいえ、都の「盛り」を表現したのは、小野老の歌以外にはない。この『万葉集』の配列だからこそ、読解できる大伴四綱の歌である。小野老は花を比喩《ひゆ》に都が盛りであると讃美した。それを受け止めるように、四綱は大君の支配する国の中ではやはり都が一番だと詠み、目の前の君に都を思い出しますよね、と問いかける。外では藤の花が盛りだったのであろう。藤が都の象徴であるかのように詠出されているのである。

このような文脈の中に、旅人の歌が続く。「盛り」と表現された奈良の都を思い出しますかと問われた「君」、旅人は単純に都を思い出すとは詠まず、

「吾が盛り」と詠み出し、抗《あらが》えない老いを痛感《つうかん》しながら、もう都は見ないことになるのではという悲観的な思いを感じさせる。眩《まぶ》しいまでの盛りをことばにした小野老歌からの格差《かくさ》はあまりに大きい。これでは小野老を祝うめでたい場に全くふさわしくない、ムードを台無しにするダメ長官でないか。間に置かれる四綱の歌もネガティブなイメージは表面的にはない。この流れの急変《きゅうへん》を解く鍵は、四綱により具体化された「藤」に求めてよいのではないか。

老の昇進の一か月前、都では大きな政変《せいへん》があった。10で触れた長屋王《ながやおう》の変である。それは藤原氏の専横《せんおう》による事変《じへん》であり、都は藤原氏とともに印象付けられる状態であったのは間違いない。四綱は、たまたま開花したであろう藤の花と、小野老のおめでたい歌とを生かして、旅人に問いかけたのではないか。四綱の出自《しゅつじ》はよくわからないが、*大伴氏《おおともし》であることが、氏族《うじぞく》意識を刺激するような問いかけを可能とするだろう。旅人はここで五首詠んでいる。後四首、四綱の歌にどう応えたかは12・13で確認する。なお「盛り」を「吾が盛り」と自身の良い時期として詠んだのは旅人のみであり（21）、逆にいえば、自分にも「盛り」はあったのだ、と開き直るような老いた旅人の姿も浮かび上がってくるのである。

＊大伴氏―大伴氏は五世紀ころには朝廷を構成する豪族として台頭したと考えられ、奈良時代には歴史ある名門の氏族であった。一方、藤原氏は中臣鎌足《なかとみのかまたり》が没する時（六六九）に与えられたもので、奈良時代において絶大な権力を有していても、新興氏族であることは変わらなかった。

12

吾《わ》が命《いのち》も常《つね》にあらぬか昔見し象《きさ》の小河《をがは》を行きて見むため

【出典】万葉集・巻第三・雑歌・三三二

私の命は永遠であってほしいなあ。昔見た象の小川をまた行って見るため。

前の歌から続く一首である。「吾が命《いのち》も常《つね》にあらぬか」と旅人自身の命の永続を願う。前歌同様、老いの自覚によるのだろう。その願いは「象《きさ》の小河《をがは》を行きて見むため」という目的にある。その川は「昔見し」と、過去の助詞を用い、昔自《みず》らの目で見たものである。01でも「昔見し象の小河」とあった。過去の経験と未来の願望とが吉野の「象の小河」で結びつく。旅人の吉野志向が端的《たんてき》に現れた一首である。しかし、旅人はここで吉野ばかりを詠

【題詞】帥大伴卿の歌五首。

【語釈】○常にあらぬか—常ではないかなあ。「ぬか」は形としては未然形接続なので打消+疑問だが、「ぬか」の形で固定的に願望を表わす。ただし、実現性の薄い願望と考えられている。

むのではない。三首目は「*浅茅原《あさぢはら》つばらつばらに物念《ものも》へば故《ふ》りにし里《さと》し念《おも》ほゆるかも」とある。丈《たけ》の低いチガヤが、風にでも靡《なび》く映像感覚だろうか、あれやこれやと物思《ものおも》いをするさまが詠じられる。前の二首を踏まえると、年を取った自覚ゆえであろうか。その悩みの先に思い出されるのは、古くなってしまった里だという。物思いの果てはさらなる絶望なのか、それとも過去の懐《なつ》かしい記憶なのか、具体的にはどこをイメージしているのか。この歌だけでは不分明《ふぶんめい》であるが、四首目に「*忘《わす》れ草《ぐさ》吾が紐《ひも》に付く香具山《かぐやま》の故《ふ》りにし里《さと》を忘れむがため」と場所は特定される。香具山は、明日香《あすか》にある*天《あま》の香具山のことで、*藤原京《ふじわらきょう》の東に位置する。平城京に都が遷《うつ》ることにより、古びてしまった藤原京のイメージであろう。天智《てんじ》四年（六六五）生まれの旅人は、四十六歳までその明日香地方で過ごしていた。荒れ果てた過去の都というより、自身には懐かしくてたまらない故郷のように受け止めてよかろう。甘い追憶である。しかし、この歌では、憂《うれ》いを忘れさせてくれる「忘れ草」を身につけるという。「故りにし里」を忘れるためである。過去を否定するのか、物思いを消したいのか。この歌の投げかける印象は決して単純なものではない。

*浅茅原……—浅茅原つくづくと物思いにふけると、古くなってしまった里が思い出されますなあ（巻三・三三三）。

*忘れ草……—つらい思いを忘れさせてくれるという忘れ草を私の紐に付けます。香具山の古くなってしまった里を忘れるため（同・三三四）。

*天の香具山—奈良県橿原《かしはら》市にある山。畝傍《うねび》山、耳成《みみなし》山とともに大和三山《やまとさんざん》とされる。標高百五十メートルほどで小高い丘のイメージだが、「天」を関するように、天から降りて来たという伝承を有し、古代から神聖視されていた。

*藤原京—奈良県橿原市にあり、持統《じとう》天皇八年（六九四）から和銅《わどう》三年（七一〇）の平城遷都までの都。東・北・西が大和三山に囲まれている。

13

吾《わ》が行《ゆ》きは久《ひさ》にはあらじ夢《いめ》のわだ湍《せ》にはならずて淵《ふち》にしありこそ

【出典】万葉集・巻第三・雑歌・三三五

―私の旅は長くはないでしょう。夢のわだは、瀬にならないで、淵であってほしい。―

旅人詠五首の最後の歌である。

上二句では「吾《わ》が行《ゆ》きは久《ひさ》にはあらじ」と自分の旅路《たびじ》が長いものではないだろうと詠ずる。「行き」に象徴されるように、旅人の立脚点《りっきゃくてん》は都にあり、大宰府は派遣《はけん》された土地なのである。後半では「夢《いめ》のわだ湍《せ》にはならずて淵《ふち》にしありこそ」と願望を詠む。「夢のわだ」は吉野にある川の湾曲《わんきょく》した部分。旅人の吉野志向《よしのしこう》がここにも現れている。浅く流れの早い「瀬」ではな

【題詞】帥大伴卿の歌五首。

【語釈】○こそ―連用形＋「こそ」は上代特有の願望表現。

く、水を深くたたえた「淵」であることを望む。川の流れに即して、不可《ふか》逆《ぎやく》の時間を詠ずることは、

＊是川《うぢかは》の水沫《みなあわ》逆巻《さかま》き行《ゆ》く水の事返《ことかへ》さずそ思《おも》ひ始《そ》めたる

のように、柿本人麻呂以来なされてきた。「淵」は、時代がいかに進もうが、変わらぬ景の表象《ひようしよう》であろう。旅人は、昔と同じ「夢のわだ」を望んでいる。旅人はもう一度吉野へ赴《おもむ》きたいのだろう。それは12の歌の志向に通ずる。しかし、12では諦念《ていねん》に似た絶望感が読み取れた。ここで旅は長くないのだと詠む意識の背景には、人生を旅になぞらえるように、自らの死の近さをも感じ取っていたからかもしれない。

　このように五首を読んでくると、老いを強く意識した旅人が、大宰府にいながら、大和国への強い執着を持っていたことがうかがえる。切実な望郷の念を読み取ることは一面的に正しい。しかし、重く暗いイメージだけでこの歌々が捉《とら》えにくいことは、集中の配列から明らかだろう。

　すなわち、小野老《おののおゆ》は都の盛りを花を比喩に華々《はなばな》しく詠んだ。四綱はそれを受け止めつつ、藤の花から都を思い出しますかと旅人に尋《たず》ねる。旅人は一首目で都を詠んだが、あとは吉野や明日香を詠《えい》じている。しかも旅人は、もは

＊是川の……―宇治川の水泡が流れに逆らうように巻き上がり、流れ行く水が戻らないように、一途《いちず》に思い始めた（巻十一・二四三〇・寄物陳思・人麻呂歌集）。

や奈良の都を見ることはないかもしれないと悲観的であるが、吉野の象《きさ》の小川には行って見ようと意志を明示しており、「念《おも》ほゆる」、つまり自然と思い出されるのは「故《ふ》りにし里」なのである。四綱の問いに対して、旅人ははぐらかしているかのようである。しかし、それは旅人が四綱を無視したというのではなく、四綱が「藤」を軸に問いかけたことに対する旅人のウイットに富《と》んだ対応と見るべきであろう。

大伴四綱が「藤」に託した藤原氏のイメージを大伴旅人も十分に感じ取ったのであろう。ここの歌群《かぐん》で奈良の都をないがしろにしたかのような旅人であるが、その行為は、一面の真実で、一面の諧謔《かいぎやく》ではないか。

なお、旅人は従三位《じゆさんみ》相当の帥《そち》という大宰府長官であるが、実際には正三《しようさん》位《み》であった。一方、四綱は防人司佑《さきもりのつかさのすけ》で、その職は正八位上相当である。古代の位には、正《しよう》と従《じゆ》とがあり、さらに四位以下は、上・下とに分かれているので、四綱を正八位上であったと仮定すると、旅人との間は、十八もの位《い》階《かい》の差がある。先に、天平元年（七二九）三月の小野老の従五位上への昇進の件を述べたが、老が従五位下になったのは、養老《ようろう》三年（七一九）であった。一つの位が上がるのに十年もの年月が経過しているのである。改めて旅人と四綱の位の大きな差が実感できよう。しかし、この一連の歌々から感じ取れる旅人と部下との関係は、身分だけでは捉えきれないところがある。上司と部下だが、その間柄は極めて良好で、身分の上下では収まらない、気さくで粋《いき》なものであったのだろう。そのような人間関係を背後に、旅人のこれら五首を見ると、深刻な望郷だけがモチーフではない歌として、受け止めたくなる。

ちなみに、この歌の直後に*筑紫観世音寺別当《ちくしかんぜのんじべつとう》の*沙弥満誓《しゃみまんぜい》の歌が載せられている。いいかげんに大和ではなく、話題は九州・筑紫に戻しなさいなと皆に伝えているかのようである。

*しらぬひ筑紫《つくし》の綿《わた》は身につけて未《いま》だは着《き》ねど暖《あたた》けく見《み》ゆ

大宰府における楽しそうな宴《うたげ》の雰囲気が歌集上に再現されているかのようである。

*筑紫観世音寺別当―福岡県太宰府市にある寺。梵鐘《ぼんしょう》は国宝に指定されている。「別当」はここでは寺の長官の意。

*沙弥満誓―俗名、笠麻呂《かさのまろ》。生没年未詳。養老五年（七二一）出家するが、それ以前は有能な官僚であった。『万葉集』でも旅人と深く関わる歌が少なくなく、旅人の大宰府における詠作の上でも重要な仲間であったようだ。17・36を参照。

*しらぬひ…―しらぬひ筑紫の綿は身につけて、まだ着てはいないが、暖かく見える（巻三・三三六）。

14

験《しるし》なき物《もの》を念《おも》はずは一坏《ひとつき》の濁《にご》れる酒を飲むべくあるらし

【出典】万葉集・巻第三・雑歌・三三八

効果のない物思いをするよりは、一杯の濁り酒を飲むのがよいだろう。

【題詞】大宰帥大伴卿、酒を讃《ほ》むる歌十三首。

【語釈】○ずは—打消「ず」＋係助詞「は」。難解な表現の一つ。～スルヨリハの意味で解しておく。○らし—讃酒歌のラシは、根拠を踏まえて推定する意ではなく、

旅人のみならず、『万葉集』上、さらには古代日本文学史上、極《きわ》めて稀《まれ》な歌群の一首。ここには「讃酒歌《さんしゆか》」と称される酒を讃美《さんび》する歌が十三首も並ぶ。旅人に四六時中酒を欲《ほっ》するような中毒性があるようには思えず、あくまでも旅人の志向の一側面であろう。これら十三首の主題は、酔い泣きを讃《たた》え、賢《さか》しらを否定することにあるといえよう。多分に中国的趣味も感じ取れる。陶《とう》*淵明《えんめい》に「飲酒」二十首の連作があるように、中国で讃酒の詩は少なくない。

この一首目では、物思いより一杯の濁り酒を飲む方がよいと詠む。「験《しるし》なき」物思いという出口のない重いことばから始まる。亡き妻への思いかもしれないが、むしろ12のように老いから生《しよう》ずる感覚ではないか。総じて讃酒歌に亡妻思慕《ぼうさいしぼ》は読み取りにくい。この歌では、行き場のない懊悩《おうのう》に沈潜《ちんせん》するのではなく、酒を飲むことに活路《かつろ》を見出《みいだ》す。「濁《にご》れる酒」は漢語「濁酒《だくしゅ》」を踏まえるようだが、それは隠者《いんじゃ》の飲むものであった。中国では政治状況への抵抗ゆえ隠者を志向した。旅人の意識の底流《ていりゅう》に通ずるところもあったろう。

*酒の名を聖《ひじり》と負《おほ》せし古《いにしへ》の大《おほ》き聖の言《こと》の宜《よろ》しさ

この二首目は、酒の名を聖と名づけた大聖人《だいせいじん》の発言のすばらしさを讃える。これは*古代中国の故事による。前の歌では濁酒をほめたが、ここでは清《せい》酒《しゅ》を讃美したことになる。酒を「聖」とする人を「大き聖」とする、「聖」の程度に差を付けた面白みがあろう。

*古《いにしへ》の七《なな》の賢《さか》しき人等《ひとたち》も欲《ほ》りせしものは酒にしあるらし

三首目でいう、この「古《いにしへ》の七《なな》の賢《さか》しき人等《ひとたち》」とは、古代中国の「*竹林《ちくりん》の七賢《しちけん》」のこと。前の歌では聖人、ここでは賢人《けんじん》を詠み、緩《ゆる》やかに進展する。聖人も賢人も酒を大事にしたと、中国古典を根拠に酒を肯定《こうてい》するのである。

若干《じゃっかん》不確実に述べるように用いているらしい。

*陶淵明―中国、六朝《りくちょう》時代の東晋《とうしん》の詩人（三六五―四二七）。束縛を嫌い、自然を愛する田園生活を送った。日本でも古来好まれた。

*酒の名を…―酒の名を聖と付けた古の大聖人の言葉はすばらしい（巻三・三三九）。

*古代中国の故事―禁酒令《きんしゅれい》の行われた魏《ぎ》の時代、酔客《すいきゃく》たちが秘かに濁酒を「賢者」、清酒を「聖人」と呼んだ故事のこと。

*古の…―古代の七人の賢人たちも、ほしがっていたものは酒であるらしい（同・三四〇）。

*竹林の七賢―晋の時代に、俗世を避け、飲酒、清談、弾琴に遊んだ、阮籍《げんせき》・嵆康《けいこう》・山濤《さんとう》・劉伶《りゅうれい》・阮咸《げんかん》・向秀《しょうしゅう》・王戎《おうじゅう》のこと。

15

賢《さか》しみと物言《ものい》ふよりは酒飲みて酔哭《ゑひなき》するしまさりたるらし

【出典】万葉集・巻第三・雑歌・三四一

かしこいからと言って何かを言うよりは、酒を飲んで酔い泣きするのが勝っているらしい。

讃酒歌は続く。この歌は、酔い泣きを讃《たた》え、賢《さか》しらを否定するという、讃酒歌に幾度《いくたび》も見られるテーマを明確に示す一首である。酒を飲まずに偉《えら》そうに議論ぶる人に向かっての歌であろうか。

言はむすべ為《せ》むすべ知らず極《きはま》りて貴《たふと》き物は酒にしあるらし*

この歌は、表現や行動の手段のないもので極めて貴いものが酒だとする。「極《きはま》りて貴《たふと》」いという硬質な表現は、「極貴」という漢語を訓読《くんどく》した語。

【題詞】大宰帥大伴卿、酒を讃《ほ》むる歌十三首。

*言はむすべ…――言うすべ、するすべもわかっていない。極限で貴いものは酒であるらしい（巻三・三四二）。

　*なかなかに人とあらずは酒壺《さかつぼ》になりにてしかも酒に染《し》みなむ

　この歌は、中途半端に人間でいるより、酒壺になりたいという究極の願望を示し、酒に染まりたいとまで述べる。この酒壺願望も*中国の故事によるのだが、ここまでの中国古典の出典《しゅってん》に統一性は見出《みいだ》せず、旅人は何となく中国風に装《よそお》ったのだろうか。ここでは現実逃避の気分を、特にユーモラスに描き出している。

　*あな醜《みにく》賢《さか》しらをすと酒飲まぬ人をよく見《み》ば猿《さる》にかも似る

　冒頭から「*あな醜《みにく》」と吐き捨てるように侮蔑《ぶべつ》する。その対象は「賢《さか》しらをすと酒飲まぬ人」である。「賢しら」に対して否定的である。しかし、先に「古《いにしへ》の七《なな》の賢《さか》しき人等《ひとたち》」では「賢し」は酒の正当化の根拠になっていた。讃酒歌の中での統一性は見出しにくい。また『万葉集』中「猿」を詠むのは、この一首のみである。なぜ猿を出すのか。中国古典に上戸《じょうご》と下戸《げこ》とが互いに嘲《ちょう》笑《しょう》しあう話は多いという。旅人歌は上戸の意見でしかない。飲んでいない人から「酔って真っ赤になると、猿みたいですね」のような会話があって、その言辞《げんじ》をそのまま利用したのかもしれない。「飲まないお前こそ猿だ」と。

*なかなかに…—中途半端に人であるよりは、酒壺になってしまいたいなあ。酒に染まってしまおう（同・三四三）。

*中国の故事—呉の鄭泉《ていせん》という酒好きの男が、死に際して、「我死ナバ窯《かま》ノ側《そば》ニ埋《う》ムベシ。数百年ノ後ニ化シテ土ト成リ、覬《ねが》ハクハ酒瓶ニ為《つく》ラレ、心願ヲ獲《え》ム」（琱玉《ちょうぎょく》集《しゅう》）と遺言した故事のこと。

*あな醜…—ああ醜い。賢そうに、酒を飲まない人をよく見たら、猿に似ているのではないか（同・三四四）。

*あな醜—「あな」は感動詞で、下に形容詞語幹《ごかん》が来る。

16

価《あたひ》なき宝《たから》と言ふとも一坏《ひとつき》の濁れる酒にあに益《ま》さめやも

【出典】万葉集・巻第三・雑歌・三四五

値段が付けられないほど高価な宝と言っても、一杯の濁り酒に、まさか勝《まさ》ることがあろうか、いやそんなことはない。

【題詞】大宰帥大伴卿、酒を讃《ほ》むる歌十三首。

【語釈】○あに―反語を示すことば。○益さめやも―「めやも」は反語の意。03参照。

＊夜光る……―夜光る玉と言っても、酒を飲んで、気晴ら

讃酒歌の後半に入る。この歌は、高価な宝より、一杯の濁り酒の優位性を詠む。14で物思いよりも飲む方がよいとされた「一坏《ひとつき》の濁れる酒」である。ここでの「価なき宝」は『法華経《ほけきょう》』など仏典に見られる「無価宝珠《むげほうじゅ》」の訓読語である。仏典《ぶってん》であって、純粋な中国古典とはいえないが、旅人は、一面では縦横無尽《じゅうおうむじん》に、一面ではむやみやたらに中国古典を利用しているようだ。

＊夜光る玉《たま》と言ふとも酒飲みて情《こころ》を遣《や》るにあに若《し》かめやも

この歌は、前の歌と「〜と言ふとも…めやも」の形が共通し、内容も近い。ただ、前歌が宝と酒という物質的な対比に対し、この歌は玉という物と、酒を飲んで気晴らしをするという行為・状態との対比である。また、「酒飲みて情《こころ》を遣《や》る」と、酒を飲むことが「情を遣る」（憂《う》さを晴らす、心を紛《まぎ》らすの意）ことと結びついている。この十三首の中でも、酒を飲むことは、酔い泣きにつながる場合もあり、必ずしも旅人の認識は一律ではない。「夜光る玉」とは、夜も光って見えるという宝玉《ほうぎょく》。『*文選《もんぜん》』西都賦《せいとふ》などに「夜光」の語が見え、ここも中国古典を背景に置くのであろう。

　*世の中の遊びの道にすずしきは酔泣《ゑひなき》するにあるべかるらし

この歌の「世の中」の*漢字原文は「世間」である。表記「世間」は仏典に見られ、無常であることを示す。仏教的無常観が前面に出されるわけだが、第二句「遊びの道」は風流に遊ぶ意とすると、無常との関わりがわかりにくい。第三句「すずしきは」は漢字原文「冷者」とあり、「たのしきは」や「かなへるは」など現在でも訓が定まっていないが、酔い泣きが最善だという姿勢は揺るがない。

しをすることに、まさか及ぶだろうか、いやそんなことはない（巻三・三四六）。

*文選―中国の詩文集。梁《りょう》の昭明《しょうめい》太子編。六世紀前半成立。日本にも古く伝来し、漢字文献万葉集に大きな影響を与えた。

*世の中の…―世の中の遊びの道で心爽やかなことは、酔って泣くことにあるはずらしい（同・三四七）。

*漢字原文―万葉集は、ひらがなやカタカナが生まれる以前の日本語で書かれており、漢字のみで日本語が記されている。本来は漢字原文とともに万葉集は味わってもらいたい。ちなみにこの三四七番歌は「世間之遊道尓冷者酔泣為尓可レ有良師」という漢字で書かれている。

17

今代《このよ》にし楽しくあらば来生《こむよ》には虫に鳥にも吾《われ》はなりなむ

【出典】万葉集・巻第三・雑歌・三四八

今生に楽しくあるならば、来世には虫にも鳥にも私はなってしまおう。

讃酒歌の終盤である。この歌では、現世と来世との対比がなされている。ここで「酒」ということばは詠まれていないが、古代語*「楽し」の使用は飲酒の場に集中しており、「楽し」ということばが、「酒」の印象を抱かせることは、奈良時代の歌人においても共通する感覚であったようだ。現世《げんせ》で酒を飲んで楽しくいられるなら、来世《らいせ》で虫にも鳥にもなろうという。来世に虫や鳥になるということは、仏教の輪廻転生*《りんねてんしょう》の観念を背後に置くのだろう。来

【題詞】大宰帥大伴卿、酒を讃《ほ》むる歌十三首。

*古代語「楽し」―佐竹昭広『古語雑談』（岩波新書、平凡社ライブラリー）に拠る。

*輪廻転生―肉体は死んでも、霊魂は滅びず、他の肉体に

世の幸福より、現世の満足を刹那的《せつなてき》に採択《さいたく》する。旅人の刃《やいば》は、賢《かしこ》そうにふるまって酒を飲まない人から、仏教的な世界観への批判に移っているかのようだ。旅人が詠んでいるこの場に、仏教に携《たずさ》わる人物がいた可能性は否定できない。

*生《い》ける者遂《ひとつひ》にも死ぬる物にあれば今生《このよ》なる間《ま》は楽しくをあらな

この歌も刹那的な感覚である。生と死とが詠まれ、命題《めいだい》はより大きく、観念的になっている。生きている人は遂に死ぬものであるから、この世にいる間は楽しくやろう、と。死んだら終わりだという認識である。この歌にも「酒」は明記されないが、「楽し」であり、この世に生きている間は「酒飲みて」「楽しくをあらな」と解《かい》される。死んでしまえば、酒も飲めないという意識もあったのかもしれない。

*黙然《もだ》をりて賢《さか》しらするは酒飲みて酔泣《ゑひなき》するになほ如《し》かずけり

讃酒歌の最後の歌では、刹那的な感覚とは変わり、もとの路線に戻り、「賢しら」を批判し、酔い泣きを推奨《すいしょう》する。「賢しら」はここでは黙然《もくぜん》つまり何も話さないダンマリに拠《よ》るもの。15の三四一番歌では「賢《さか》しみと物言ふ」と何かを話している人を批判していた。酒を飲まないなら、話しても駄

移り、生まれ変わっていくこと。

*生ける者…—生きている者は遂に死ぬものであるから、今生きている間は、楽しくありたい（巻三・三四九）。

*黙然をりて…—黙ってかしこぶることは、酒を飲んで酔い泣きすることにやはり及ばないな（同・三五〇）。

目で、黙っても駄目なのである。これでは破綻《はたん》した酔っ払いの思考であり、手が付けられないところである。

以上が讃酒歌全十三首である。賢しらを罵《ののし》り、酔い泣きを推奨する旅人。古代日本では、酒は神と人との間を結ぶ*神聖《しんせい》なものであった。旅人はこの讃酒歌で、酒そのもの、もしくは酒を飲むことを讃美しているのは確かであるが、酒の味を評価するのではなく、中国古典の酒にまつわるエピソードを紹介したり、飲んだ末の状態や、飲まぬ人の批判を繰り返し、観念的な水準でしかないともいえよう。この十三首は連作であろうが、結局「*酔人の繰り言を仮構した作品」と見るのが穏やかだろう。

また旅人は、重たい思いのみでこの歌に取り組んだわけでもなかろう。『万葉集』の配列に目を向けると、直前に見た旅人の望郷歌《ぼうきょうか》のあたりから一連の大宰府の歌が並んでいるが、孤独な旅人ではなく、愉快な仲間、部下に囲まれた旅人が思い起こされてくる。

この讃酒歌の直前に、*山上憶良《やまのうえのおくら》の有名な「宴《うたげ》を罷《まか》る歌」

*憶良《おくら》らは今は罷《まか》らむ子泣くらむそれその母《はは》も吾《あ》を待つらむぞ

が収められている。子供をネタに宴から帰ろうとする憶良。七十歳を超えた

*神聖なもの―酒の神聖さを端的に示すのが、10で引用した古事記の歌謡である。

*酔人の…―『セミナー万葉の歌人と作品　万葉秀歌抄』鉄野昌弘氏執筆。

*山上憶良―04参照。

*憶良らは…―私、憶良めは今はおいとましましょう。子供が今ごろ泣いているで

憶良に、父の帰りを待って泣くような幼子《おさなご》がいたのだろうか。酔って泣くことを推奨し、酒を飲まない人間を「猿」みたいだなんて言うような、どうしようもなく酔っぱらってしまった人（それが長官というおもしろみ）がいる、楽しい宴が開かれていたのではなかろうか。そして、讃酒歌十三首の後には、沙弥満誓*の次の歌が収められている。

　*世の中を何《なに》に譬《たと》へむ朝開《あさびら》き漕《こ》ぎ去《い》にし船の跡《あと》無きごとし

世間の無常を全面に出した歌で、宴の後の虚無感《きょむかん》をもたゆたわせるような一首である。紙上《しじょう》に再現された一連の宴が終わったかのようでもある。

『万葉集』のこのあたり（11～17）は、大宰府関連の歌が、小野老の華やかな一首に始まり、満誓の虚無感を漂《ただよ》わせる一首で終わっているのである。

しょう。その母も私を待っているでしょう（巻三・三三七）。

*沙弥満誓―13参照。

*世の中を…―世の中を何に譬えましょう。朝早く港を漕ぎ出ていった船の航跡もないようなものです（同・三五一）。

18

いかにあらむ日《ひ》の時にかも声知らむ人の膝《ひざ》の上《へ》我が枕《まくら》かむ

【出典】万葉集・巻第五・雑歌・八一〇

いつの日、どんな時に、声を知っている人の膝を枕にしましょうか。

旅人の作品の一つの特徴に、空想《ファンタジー》の世界に遊ぶものがある。この一首はその例で、琴《こと》が女性になって詠んだ体《てい》である。「大伴淡等謹状」*という挨拶に始まる漢文体の書簡《しょかん》の中に収められている。

それは天平元年（七二九）十月七日、大伴旅人が都の藤原房前*《ふささき》に「梧桐*《ごとう》の日本琴《やまとこと》」とともに送った書簡で、その内容は以下の通りである。

この日本琴が夢の中で娘子《おとめ》となって申しますに、「私は海上遥かな島の

*大伴淡等謹状―「大伴旅人が謹《つつし》んで申し上げます」の意。なお「淡等」はタビトを漢字音で中国人風に記したものである。

*藤原房前―平城京遷都に重要な役割を担った藤原不比等《ふひと》の四子の一人。平安時代の摂関政治の中心となった

高嶺《たかね》に根をおろし、幹を太陽の美しい光にさらしていました。常に雲や霧に包まれ、山川のくまぐまにさすらい、遠く風波を眺めながら、雁や凡俗の木々と交わる生活をしていました。ただ心配なのは百年後むなしく谷底で朽《く》ち果てるのではないかということでした。ところが幸いにも立派な工匠《こうしょう》に出逢い、切られて小さな琴になりました。音質が悪く音量が乏しいのも顧みず、常々「君子《くんし》の左琴《さきん》」（徳の高い方のお側の琴）になりたい」と願って次のように歌いました。

夢の中で琴が娘子となって語った体裁《ていさい》で、娘子は「君子《くんし》の左琴《さきん》」になることを望んでいる。中国古典において、「左琴右書《うしょ》」は理想的な君子像を表わした。掲出の歌はこの文章に続く。「声知らむ人」は、『*文選《もんぜん》』に拠《よ》るとされ、娘子は音を解する人、高度な文化人を希求する。「人の膝《ひざ》の上我《へ》が枕《まくら》かむ」とほのかな男女関係も感じさせる。ここで贈った「日本琴」の詳細は不明だが、琴を弾く埴輪《はにわ》を参考にすると、膝の上に載《の》せて弾《ひ》くものと考えられ、歌の表現と呼応するのだろう。この歌の夢を見た「僕《やつかれ》」（結果としては旅人）の歌は次項で確認する。

北家《ほっけ》の祖。

＊梧桐の日本琴─桐《きり》製の倭琴《わごん》で、日本古来の六絃《ろくげん》の琴。

＊文選─16参照。「声知らむ人」の典拠の把握は、小島憲之『上代日本文学と中国文学』上に拠る。

19

言問《こと》はぬ樹《き》にはありともうるはしき君《きみ》が手慣《たな》れの琴《こと》にしあるべし

【出典】万葉集・巻第五・雑歌・八一一

物言わぬ木ではあっても、素晴らしいあなたの大切にする琴であるに違いありません。

【題詞】僕《やつかれ》、詩詠《しえい》に報《こた》へて曰《いは》く。

【語釈】○うるはしき—「うるはし」は、きちんと整ったさまを示す。「うつくし」がかわいらしい感覚を基本とする点で区別があった。

「僕《やつかれ》」が前の「詩詠《しえい》」に報《こた》えた歌。卑下《ひげ》した自称「僕」には、旅人自身が投影《とうえい》されよう。琴が「うるはしき君《きみ》」のものに違いない、つまり琴は自分のものではないと言う。旅人は、架空の体験談を生み出し、琴（しかも女性）がふさわしい「君子」は「うるはしき君」、藤原房前《ふささき》なのだとするのである。旅人の空想《ファンタジー》はこの歌で終わらず、歌を返したところ、琴の娘子《むすめ》は大いに喜んだところで、目が覚めたとなっている。この一連の創作は、用語や発想など『*文選《もんぜん》』や『*遊仙窟《ゆうせんくつ》』などの影響が濃いとされる。人に贈り物をする時に、高度な教養の共有の証《あかし》に創作を付すことが、当時の貴族の風習だったのかもしれない。房前の返信ならびに歌も『万葉集』に存在する。

謹んでお手紙を頂戴《ちょうだい》し、めでたさと喜びを深く感じております。「竜《りゅう》門《もん》」つまり高徳《こうとく》なあなた様から立派な琴をいただき、卑《いや》しい我が身への御厚情《こうじょう》をしみじみ悟り、遥《はる》か遠くに恋しく思う格別な思いは、日頃の百倍です。謹んで、白雲によって遠くから運ばれてきた立派な詩にお応えして、野蛮《やばん》な歌を申し上げます。房前謹状《きんじょう》。

この書簡は短めで形式的な印象もある。「竜門」は高徳な人を指し、旅人が利用した『文選』「琴賦」の*李善注《りぜんちゅう》に「竜門山」が琴の原材料になる桐《きり》の名産地であることが記されており、房前も意図的《いとてき》に「竜門」を用いたと考えられる。旅人の文学的な企《くわだ》てに、房前も応じたようだ。房前の歌は「*言問はぬ木にもありとも我が背子《せこ》が手慣《たな》れの御琴《みこと》地《つち》に置かめやも」と、「僕」の歌に応じていた。「我が背子が手慣れの琴」としたのは、旅人こそ「声知らむ人」であるということを示そう。そもそも旅人はなぜ房前に琴を贈ったのだろうか。大宰府から都に呼んでもらうことを望んでいたからかもしれない。

*文選—16参照。

*遊仙窟—中国唐代の小説。張文成《ちょうぶんせい》著。主人公の張文成が旅行中に神仙窟に迷い込み、仙女《せんにょ》の歓待を受け、歓楽の一夜を過ごすという筋。中国では早く散逸《さんいつ》したが、日本には奈良時代に伝来して、万葉集に多大な影響を与えた。

*李善注—李善は唐の人。文選に注を付けた。日本における文選の受容は、基本的にこの李善の注を伴った形のものである。

*言問はぬ……—何も物を言わない木でありましても、親愛なる方の大事にされた御琴を地べたに置くような粗略なことはしないでしょう（巻五・八一二）。

20

吾《わ》が園《その》に梅の花散る久方《ひさかた》の天《あめ》より雪の流れ来《く》るかも

【出典】万葉集・巻第五・雑歌・八二二

私の家の庭に梅の花が散っています。久方の天空から雪が流れ来ているのでしょうか。

天平二年（七三〇）正月十三日（太陽暦二月八日ころ）に、大伴旅人は梅の花を楽しむ宴を大宰府の自邸で開催した。その際の、別々の人による詠三十二首が、ひとまとまりになって、『万葉集』巻第五に収められている（一般に「梅花宴《ばいかのえん》」と呼ばれる）。『万葉集』に記録された歌を伴《ともな》う宴としては最大の規模である。参加者は、大宰府の官人十七人、山上憶良《やまのうえのおくら》を含む筑前国*四《し》等官《とうかん》全てなどで、帥《そち》旅人と筑前守《ちくぜんのかみ》憶良の影響が著《いちじる》しい催《もよお》しと考えられてい

【語釈】○久方の―ここでは「天」にかかる枕詞。

*四等官―律令制で、それぞれ役所では地位は四等級に分けられていた。役所によ

る。

梅は中国渡来で、『万葉集』では百首以上に詠まれている春を代表する景《けい》物《ぶつ》の一つだが、明確に作歌時期のわかる例は奈良時代以降のみで、『万葉集』の中では新しい景物であった。この三十二首にはすべて「梅」が詠み込まれている。素材からして、中国趣味の溢《あふ》れる宴であったことは間違いない。高《こう》雅《が》な漢文の序文も存在する（旅人が書いたのか、憶良が書いたのか諸説ある）。その内容を紹介しておこう。

天平二年正月十三日に、帥老《そちろう》（旅人）の宅に集まって、宴会を開いた。時*は初春のよい月で、外気は心地よく風は和《やわ》らいでいる。梅は鏡の前の白粉《おしろい》のような白い花を咲かせ、蘭《らん》は匂い袋のような良い香りを漂《ただよ》わせている。そればかりでなく、夜明けの嶺《みね》に雲がかかり、松は雲の羅《うすぎぬ》をまとい、まるで蓋《きぬがさ》をさしかけたようである。夕方の山の頂《いただき》には霧がかかり、鳥は霧のうすものに閉じ込められて林の中にさまよう。庭には今年の新しい蝶が舞い、空には旧年の雁《かり》が北へ帰る。そこで天を蓋にし、大地を席《むしろ》にし、互いに膝を近づけて親しく酒杯《しゅはい》をめぐらす。言葉を部屋の中では忘れ、心を大自然に向かってゆったりとくつろがせ、淡々としてそれ

って表記は異なるが、長官《かみ》・次官《すけ》・判官《じょう》・主典《さかん》となっている。

＊時は初春の……──平成の次の元号「令和」はこの辺りを典拠とする。漢字原文は「于《に》時、初春令月、気淑風和」となっている。

ぞれ気ままに過ごし、愉快《ゆかい》に満ち足りた思いでいる。もし文筆《ぶんぴつ》によるのでなければ、どうしてこの心中を述べることができようか。漢詩には落《らく》梅《ばい》の篇《へん》というものがある。昔も今も何の異なるところがあろうか。さあ、園の梅を詠み、短い歌を作ることにしよう。

この序文の後に三十二首の歌が並ぶが、旅人の歌は八首目である。白梅の花が散る様相を、大空から雪が流れてくるのだろうかと表現している。雪を梅に、もしくは梅を雪に見立てるのは漢詩文の常套《じょうとう》手段であったが、雪を「流る」と表現すること自体、「流雪」「流霞」などの漢詩句の翻読《ほんどく》、応用と考えられている。梅が中国渡来のものである以上、そのような文学的な影響が作歌動機になったのは、序文からもうかがえよう。しかし、旅人は漢詩ではなく日本語として一首をなした。

天空《てんくう》に枕詞《まくらことば》「久方の」を付すが、旅人の視界には、広大な空が広がっている。解放された心持ちが感じ取れよう。この一首の流麗《りゅうれい》な調べは、三十二首全ての中でも抜群《ばつぐん》との評価を得ている。

三十二首すべてを紹介するスペースはないが、配列など不明な点は少なくない。たとえば、旅人はここで散る梅を詠んでいるが、この歌の二首前に、

＊梅の花今盛りなり……――梅の

梅*の花今盛りなり思ふどちかざしにしてな今盛りなり

と「今盛り」であるさまが詠まれている。また、雪に喩《たと》えて詠んだ歌も他に三首見られる。

梅*の花散《ち》らくはいづくしかすがにこの城《き》の山に雪は降りつつ

春*の野に霧《きり》立ち渡り降る雪と人の見るまで梅の花散る

妹《いも》*が家《へ》に雪かも降ると見るまでにここだも紛《まが》ふ梅の花かも

いずれも現実には雪は降っていないように表現している。歌の詠み方の上手下手も関わろうが、旅人は極めて幻想的に一首をまとめたといえよう。

なお、筑紫《つくし》における大事な文学のパートナー憶良の次の一首は、旅人とはまた異なった趣《おもむき》を持つ。

春*さればまづ咲くやどの梅の花ひとり見つつや春日《はるひ》暮《く》らさむ

旅人が天空まで白く染まったように詠んでいるのに対し、憶良は晴れた昼下がりを感じさせる景を詠む。そして、憶良は「ひとり見つつや」と孤独も前面に出している。どのような意図が憶良にあったのだろうか。

花は今盛りです。みなさん髪飾りにしましょう。今盛りです（巻五・八二〇・葛《ふじ》井大成《いのおおなり》）。

＊梅の花散らくはいづく……—梅の花が散っているのはどこでしょうか。そうではあるが、この大城山には雪が降り続いていて（同・八二三・大伴百代《ももよ》）。

＊春の野に……—春の野に霧が一面に立ち、降る雪と人が見るほどに梅の花が散っています（同・八三九・筑前目《さかん》田氏《でんじの》真上《まかみ》）。

＊妹が家に……—あの娘の家に雪が降るかと見るほどに、盛んに散っている梅の花ですねえ（同・八四四・小野国堅《くにかた》）。

＊春されば……—春になるとまず咲くこの家の梅の花を、独りで見ながら春の日を暮らすのでしょうか（同・八一八）。

21

吾《わ》が盛りいたくくたちぬ雲に飛ぶ薬食《は》むともまたをちめやも

【出典】万葉集・巻第五・雑歌・八四七

私の盛りの時期は、もうすっかり過ぎ去ってしまいました。大空を飛ぶことができるという薬を飲んでも、また元に戻ることはあるでしょうか。いやそんなことはないでしょう。

【題詞】員外《ゐんぐわい》、故郷を思《おも》ふ歌両首。

【語釈】○くたちぬ—「くたつ」は物が時の経過とともに劣化していくこと、ある状態の時間の終わりに近づくこと。「ぬ」は完了の助動詞。○をちめやも—11に既出。

梅花宴《ばいかのえん》三十二首の直後にある望郷《ぼうきょう》の歌。このあたり八一五番から八六三番までの歌はまとめて都の吉田宜《*きちだのよろし》に贈られた。題詞《だいし》の「員外」は員数《いんずう》の外の意で、ここは直前の梅花宴に参加した三十二人の枠外《わくがい》の人となる。しかし詠風《えいふう》や漢字原文の用字等から、作者は旅人と推定されている。当日の宴席の主人旅人が、宴の終了後、他人を装《よそお》って付加したのであろう。20で見たように、旅人は梅花宴で、梅を雪に見立てた。この見立ては、楽《*が》

府《ふ》「梅花落《ばいからく》」に通ずることが指摘されている。「梅花落」は、六朝《りくちょう》・初唐《しょとう》詩人によって、北方に遠征した夫を思う妻の情、またその男の望郷の念など、様々に変奏《へんそう》された。*このような中国の文学状況を踏まえた配列かと推測されている。この歌の「吾が盛り」「またをちめやも」という表現は、11の望郷歌に感覚は等しい。「雲に飛ぶ薬」を飲んでも若返《わかがえ》らないだろうという悲観的な内容であるが、そもそも「雲に飛ぶ薬」が若返ることと関わるのかその点の説明はない。共に収められた次の歌も読んでおこう。

　*雲に飛ぶ薬食むよは都見《み》ばいやしき吾が身またをちぬべし

この歌でも「雲に飛ぶ薬」を詠むが、*飲むことより都を見ることができたら、若返るに違いないという強い推量に至る。空を飛ぶ薬をただ飲むだけではだめなのだ、それを飲み、都へ飛ぶ、いや、飲まなくても都へ行きさえすれば、本当に若返るのだというのだろう。切実な望郷である。ここでの「いやしき吾が身」は、仙人ではない凡俗《ぼんぞく》な自分自身を謙遜《けんそん》、卑下《ひげ》した言い方とも解されるが、梅花宴に参加しえない卑《いや》しい身分と捉《とら》えることも可能である。そうなると題詞の「員外」とも呼応する。

*吉田宜―朝鮮半島からの渡来系の氏族で、医術を伝える。天平十年（七三八）七十歳で死去。天平二年当時六十二歳。

*楽府―漢詩の古体の一つ。

*このような……―以上の推測は『万葉集鑑賞事典』（講談社学術文庫）に拠る。

*雲に飛ぶ……―空を飛ぶことができる薬を飲むよりは、都を見ることができたら、いやしい私の身は、また若返るに違いない（巻五・八四八）。

*飲むことより―歌の「よは」はヨリハの意。

22

残りたる雪にまじれる梅の花早くな散りそ雪は消《け》ぬとも

【出典】万葉集・巻第五・雑歌・八四九

残っている雪に交じっている梅の花は、早く散らないでください。雪は消えてしまっても。

梅花歌三十二首に追和《ついわ》して作られた四首。続く三首は以下の通り。

*雪の色を奪《うば》ひて咲ける梅の花今盛りなり見む人もがも
*我が宿に盛りに咲ける梅の花散るべくなりぬ見む人もがも
*梅の花夢《いめ》に語らくみやびたる花と我《あれ》思《も》ふ酒に浮かべこそ

この四首にも作者名が記されていない。21の「員外、故郷を思ふ歌」と同様に、員数外の人が後に追和して歌った作という趣向であろう。四首は連作

【題詞】後に梅の歌に追和する四首。

【語釈】○早くな散りそ―「な～そ」の形で禁止を示す。

*雪の色を…―雪の色を奪って咲いている梅の花は今盛りです。見る人がいたらいいのになあ（巻五・八五〇）。

と判断され、作風および用字などから、旅人の詠んだものと推定されている。

旅人はこの四首すべてで願望を詠む。雪が消えても梅よ散らないで、雪の色を奪《うば》った白い梅の花を見る人がいてほしい、梅の花が散りそうなので見る人がいてほしい、梅の花自身が酒に浮かべてほしい、と願いは変化していく。「見む人もがも」で終わる二首の存在からは、梅の花の盛りから散りそうになるまでの変遷《へんせん》を独りで見ていたことになる。先の梅花宴で憶良が「梅の花ひとり見つつや」(20)と詠まなかったら、旅人はこうは詠まなかったのではないだろうか。

雪から梅へ、そして開花《かいか》から落花《らっか》へといった時の流れを詠んだところで、願望の果ては、梅が夢で語るという虚構《きょこう》である。先に夢の中で琴《こと》が娘になった空想《ファンタジー》を描いていた(18・19)。ここでは梅が自身を「みやび」と位置付ける。現代では花は女性の喩《ゆ》と考えがちであるが、「みやび」のイメージは「風流士《*みやびを》」、すなわち男性である。つまり梅花宴に参加した人たちも「みやび」であれば、実はその観賞の対象だった梅も「みやび」なのだという一体感が感受されよう。その梅が、自らを酒に浮かべてほしいと願う趣《おもむき》は、讃酒《さんしゅ》歌《か》を残した旅人ならではの感性が溢《あふ》れているのかもしれない。

＊我が宿に……―私の家で盛りとして咲いている梅の花はもう散りそうになりました。見る人がいたらいいのにな あ(同・八五一)。
＊梅の花……―梅の花が夢で言いますことには、「雅やかな花だと私は思うのです、酒に浮かべてくださいな」と(同・八五二)。
＊風流士―「みやびを」は上品で優雅な男性の意で、万葉集でも用いられていることば。

23

松浦《まつら》河《がは》川の瀬早《はや》み紅《くれなゐ》の裳《も》の裾《すそ》濡れて鮎《あゆ》か釣るらむ

【出典】万葉集・巻第五・雑歌・八六一

松浦川の流れが早いので、紅色の裳の裾が濡れて、鮎を釣っているのでしょうか。

旅人が中国風な装《よそお》いをしつつ、空想《ファンタジー》の世界に遊ぶことは、18・19など今までも幾例か見てきた。それらと同様な趣きを持つのがこの歌である。

まず「松浦《まつら》河《がは》川の瀬早《はや》み」と川の流れの速さを詠み出す。その流れの中、鮎を釣っているのかと疑問をさしはさみ、推量する。その鮎を釣っているのは「紅《くれなゐ》の裳《も》の裾《すそ》」を濡らしている人物だが、「裳」は古代の衣装で腰から下の総称であるから、女性であるイメージが強い。速い流れの中に、鮎を釣る

【題詞】後人《こうじん》の追和する詩三首　帥老《そちろう》。

【語釈】○松浦河―現在の佐賀県東松浦郡《ひがしまつうらぐん》を流れる玉島《たましま》川《がわ》。○川の瀬早み―「早み」はいわゆるミ語法で原因理由を示す。○鮎《あゆ》か釣るらむ―「か」は疑問を表す係助

女性を詠んでいることになるが、これだけではどういう状況なのかよくわからない。

ここで題詞に注目する。「師老《そちろう》」という注記から旅人の詠と解されているが、「後人」「追和」とあるように、これより先に「松浦河」に遊ぶ話が述べられていることになる。その内容をやや長くなるが、次に紹介しておこう。まず漢文の序。

私がしばらく松浦の県《あがた》に往《い》き、そのあたりを歩き回り、ふと玉島川《たましまがわ》の美しい岸辺を見て回ったところ、思いがけず魚を釣る娘たちに会った。花のような顔は並ぶものがないほどで、輝く姿は比べるものもない。眉《まゆ》は柳の葉が開いたようであり、頬《ほお》は桃の花が咲いたようにあでやかである。気品《きひん》は雲をしのぐほど高く、みやびやかなことはこの世のものとも思えない。私は「どこの里、どなたの家の娘さんですか。ひょっとしたら仙女《せんにょ》ではありませんか」と尋《たず》ねた。娘たちは皆笑って、「私どもは漁師の家の子、あばら家《や》住まいの賤《いや》しい者です。里もなく、家もありません。決して申し上げるほどの者ではございません。ただ生まれつき水に親しみ、また心から山を楽しんでおります。ある時は洛水《らくすい》のほとりに臨《のぞ》

詞。「らむ」は現在推量。

＊県―ここでは地方の意。

＊洛水―中国、黄河の支流。河南省《かなんしょう》北西部の洛陽《らくよう》を通る。

んで甲斐《かい》もなく大きな魚を羨《うらや》ましく思い、またある時は巫山《*ふざん》の谷に横たわって、わけもなく雲や霞《かすみ》を眺めたりしています。今、たまたま高貴な旅のお方に遭遇《そうぐう》し、あまりの嬉しさに、ついうちとけたねんごろのお話をしてしまいました。今から後は、どうして偕老《*かいろう》の契《ちぎ》りを結ばずにいられましょうか」と答えた。私は「はい、謹《つつし》んで仰《おお》せに従いましょう」と答えた。その時、山の西に日が落ち、黒駒《くろこま》は家路につこうとする。ここで私の思いを述べ次のような歌を贈った。

そしてこの後に24にも紹介するが、八首の歌が続き、本項で掲出した「松浦河」の歌は九首目に出て来る。このような構成であり、展開を追う必要がある。

「洛水《らくすい》」「巫山《ふざん》」という場において、神女《しんにょ》と出会うという設定は、いずれも漢籍《かんせき》に典拠《てんきょ》を見出すことができる。「玉島川」という九州の現実の土地に場面を移し、そこにいる仙女たちが、「私」に思いを寄せていることが序文では述べられている。女性は複数であるのが明確であるが、序の中では男性は一人のようである。その「私」にあたる男性がまず次の歌を詠む。

＊あさりする漁夫《あま》の子どもと人は言へど見るに知らえぬ貴人《うまひと》の子と

＊巫山―中国四川省《しせんしょう》東部。

＊偕老の契り―年老いるまで連れ添う、仲むつまじい夫婦の関係。

＊あさりする…―魚を取る漁師の子供とあなた方は言う

それに娘子《むすめ》らが答えたのが次の歌。

*玉島のこの川上《かはかみ》に家はあれど君を恥《やさ》しみあらはさずありき

ここで、男も女も身分の高い者であることが明らかになり、一旦《いったん》エピソードはまとまる。

「松浦」「玉島」と北九州の現実の地名が登場し、大宰府の官人たちが実際に出向いたことがこの話を生み出すきっかけであろうが、中国色が強い空想上の話であることは間違いない。松浦の玉島川で鮎を釣ることは、*神功皇后《じんぐうこうごう》が、松浦で四月に、身に着けている裳を糸にして鮎を釣ったというエピソードも踏まえよう。古代中国、古代日本、それぞれへの憧景《しょうけい》を、中国文であるいわゆる漢文と、日本語である歌とで展開しているのである。

「あさりする」「玉島の」の二首に続いて、掲出した「松浦河」の歌までに六首あるが、その展開については次項で紹介する。

が、一目見ただけでわかりました、貴い人の子であると（巻五・八五三）。

*玉島の…―玉島のこの川の上流に家はありますが、あなたが立派で恥ずかしく思ったので、はっきりさせなかったのです（同・八五四）。

*神功皇后―神功皇后（07参照）が、松浦で鮎を釣った話は古事記・日本書紀ともに見られる。両者、その地で女性が四月に鮎を釣ることはその後絶えないとする。日本書紀では新羅征討《せいとう》が成功するかどうかの願掛けでもあった。

24

人皆《ひとみな》の見らむ松浦《まつら》の玉島《たましま》を見ずてや我は恋ひつつ居《を》らむ

【出典】万葉集・巻第五・雑歌・八六二

みんなが見ているという松浦の玉島を見ないで、私は恋しい思いを抱きながらいるのでしょうか。

23に続く。ここで「蓬客《ほうかく》」（いやしい旅客、自分自身の謙遜《けんそん》）等が更《さら》に三首の歌を贈る。玉島川遊覧《ゆうらん》をした男性官人であろうか。

*松浦河川の瀬光り鮎《あゆ》釣ると立たせる妹《いも》が裳《も》の裾《すそ》濡れぬ

*松浦なる玉島河に鮎釣ると立たせる子《こ》らが家道《いへぢ》知らずも

*遠《とほ》つ人《ひと》松浦の河に若鮎《わかゆ》釣る妹が手本《たもと》を吾《われ》こそまかめ

鮎を釣る娘の濡れる姿の認識、そして家を尋《たず》ね、率直《そっちょく》な求愛の表明へと

【題詞】後人《こうじん》の追和する詩三首　帥老《そちろう》。

*松浦河川の瀬光り…―松浦川の瀬が光り、鮎を釣ると立っていらっしゃる愛しき方の裳の裾が濡れていました（巻五・八五五）。

*松浦なる…―松浦にある玉島川に鮎を釣ろうと立っていらっしゃるあなた方の家

相手への思いが高まっている。それに対し娘たちが次の三首で答えている。

*若鮎釣る松浦の河の川波《かはなみ》の並《なみ》にし思《も》はば吾恋《こ》ひめやも
*春されば我家《わぎへ》の里の川門《かはと》には鮎子《あゆこ》さ走《ばし》る君待ちがてに
*松浦河七瀬《ななせ》の淀《よど》は淀むとも吾は淀まず君をし待たむ

こちらも恋心の募《つの》った体《てい》で歌を詠み、相手の来訪を待っている。ただし、その後、この男性と娘たちは結ばれたのかどうか定かでない。

ここまでの文脈があって旅人による、同行しなかった「後人」三首の追和がある。23の歌は今までは「裳」とあったところを、「紅《くれなゐ》の裳《も》」と想像に鮮やかな色を加える。それに続くこの24の歌は、「玉島」を見た一行へのうらやましい気持ちと、娘へ恋い焦がれているさまを一首にする。そして三首目では、

*松浦河玉島の浦に若鮎釣る妹《いも》らを見らむ人の羨《とも》しさ

と、うらやましいのは、娘を見たことだと明確に示す。ここまでの歌が吉田《きちだの》宜《よろし》に贈られた(21)。空想《ファンタジー》の中に、旅人は自らを存在させるように演出して詠じたのである。

への道がわかりません（同・八五六）。

*遠つ人……——遠くの人を待つ、松浦の川で若鮎を釣る愛しい方の手を、私こそが枕としたい（同・八五七）。

*若鮎釣る……——若鮎を釣る松浦川の波のように、並一通りにあなた様のことを思うならば、私は恋しく思うでしょうか（同・八五八）。

*春されば……——春になると私の家のある里の川の渡り場では、鮎の子が勢いよく飛び跳ねています。あなた様のお出《い》でを待ちかねて（同・八五九）。

*松浦河七瀬の淀は……——松浦川の多くの淀は淀んでも、私はためらわずあなた様のことを待つつもりです（同・八六〇）。

*松浦河玉島の浦に……——松浦川の玉島の浦に若鮎を釣る女性たちを見る人がうらやましいです（同・八六三）。

25

吾《わ》が岳《をか》にさを鹿《しか》来《き》鳴《な》く初萩《はつはぎ》の花妻《はなつま》問《と》ひに来鳴くさを鹿

【出典】万葉集・巻第八・秋雑歌・一五四一

私の岡に雄鹿がやって来て鳴いている。初萩の花妻を訪ねに、やって来て鳴いている雄鹿。

【題詞】大宰帥大伴卿の歌二首。

【語釈】○さを鹿―雄の鹿。「さ」は接頭語。

題詞からは大宰府で詠まれたこと以外の情報はない。「吾が岳《をか》にさを鹿来《しかき》鳴《な》く」と、旅人の大宰府の邸宅近くであろうか、27の歌でも詠み込まれているように、「吾が岳」と言うにふさわしい場があったのだろう。そこに雄鹿《おじか》がやって来た。鹿はのっそり黙って来たのではなく、鳴いてやって来た。第二句「さを鹿来鳴《しかきな》く」、第五句「来鳴くさを鹿」と語の順を変えて同内容を詠み、口頭《こうとう》で歌われたような軽快《けいかい》な雰囲気《ふんいき》を醸《かも》し出す。

この歌では、鹿がなぜここにやって来たのかを断定的に述べている。「初萩の花妻《はなつま》問《と》ひに来鳴くさを鹿」と開花《かいか》したばかりの萩を「花妻」として訪ねて来たのだと。「花妻」というやさしい響《ひび》きは多くの人の心を打つ。鹿と萩という秋を代表する動物と植物とを恋愛関係に擬《ぎ》しているのである。萩は『万葉集』の中で百四十首以上も詠まれ、集中で最も多く詠まれた植物である。万葉歌人が愛した花であった。

しかし、旅人のこの萩の歌は、『万葉集』の中では独特な歌境《かきょう》を示している。鹿と萩の取り合わせは確かに『万葉集』でよく詠まれている。鹿が鳴くものとして詠まれるのも一般的である。

*さを鹿の心《こころ》相念《あひおも》ふ秋萩のしぐれの降るに散《ち》らくし惜《を》しも

*奥山に住むといふ鹿の初夜《よひ》さらず妻問《つまと》ふ萩の散らまく惜しも

これらの歌を見ると、鹿は萩の開花を喜んで鳴くのではなく、むしろ萩が落花《らっか》することを惜しんで鳴いていることがわかる。鹿の鳴き声が哀愁《あいしゅう》に満ちたものとして聞こえたゆえかもしれない。

この旅人の歌では「初萩」とあり、開花の頃《ころ》と捉《とら》えられる。そこに鳴いて来る鹿というのは、『万葉集』の一般的な感覚から、実は外れているのである。

＊さを鹿の……――雄鹿と相思相《そうしそう》愛《あい》の秋萩が、時雨が降ると、散って行くのは惜しいなぁ（巻十・二〇九四・秋雑歌・詠花・人麻呂歌集）。

＊奥山に住むといふ鹿の……――奥山に住むという鹿が、毎夕毎夕、妻として訪ねる萩が、散るようなことは惜しいなぁ（巻十・二〇九八・秋雑歌・詠花・作者未詳）。

さらに、「花妻」*ということばも『万葉集』でほぼ用いられることはなかった。歌人旅人の早すぎた感性《かんせい》の表《あらわ》れだったのかもしれない。
なお、日本古代文学全体で見ると、「萩」は『万葉集』ほどには重視されていない。『古今和歌集』で「萩」が『万葉集』ほど多く詠まれることはなくなったゆえであろう。また、秋は「悲秋《ひしゅう》」として印象付けられ――それは現代にも受け継がれる――、鹿の鳴き声は「悲秋」を彩る重要な要素となった。『百人一首』でも有名な「奥山に紅葉《もみぢ》踏み分け鳴く鹿の声聞く時ぞ秋は悲しき」*という感覚が日本古典文学の一般になったのである。この旅人詠に見られる、秋の初めに、鹿もどこか高ぶる思いを抱《いだ》いて、萩の開花を喜ぶように鳴いているような感覚は、古代文学の主流からは逸《そ》れていってしまうものであった。
吾が岳の秋萩の花風をいたみ散るべくなりぬ見む人もがも*
同じ題詞の元に収められた旅人のこの二首目は、秋風の強さにより萩が散ってしまいそうなことを惜しみ、その思いを受け止めてくれる人のいない孤独感を詠《えい》じたものである。萩と鹿との擬似的《ぎじてき》な夫婦関係を詠む歌の後での孤独感は、妻のいない旅人自身の心象《しんしょう》が投影《とうえい》されているようにも読み得る。

＊「花妻」ということば―『万葉集』内では、旅人の息子家持が、「なでしこ」を「花妻」として妻坂上大嬢《さかのうえのおおいらつめ》を表現した例があるのみである（巻十八・四一一三）。

＊奥山に紅葉踏み分け…―奥山に紅葉を踏み分け鳴く鹿の声を聞く時が、秋は悲しいのである（古今集・秋上・二一五・読人しらず）。

＊吾が岳の…―私の岡の秋萩の花は、風が激しいので散ってしまいそうになった。見る人がいたらいいのになあ（巻八・一五四二）。

「見む人もがも」は先の22で見た梅花宴に追和《ついわ》した歌で二回も見られ、旅人の好みの表現であったようだ。

一首目が「初萩」と萩の開花を感じさせるのに対し、二首目は「散るべくなりぬ」とあり、両首の間には、時間の推移《すいい》があるのかもしれない。ただ、二首目では「風をいたみ」と風に落花の原因を求めていることにも注意すべきかもしれない。咲いたばかりの萩を散らしてしまいそうな風なのかもしれない。風も『万葉集』以来、秋を代表する景物であった。

26

沫雪《あわゆき》のほどろほどろに零《ふ》り敷《し》けば平城《なら》の京《みやこ》し念《おも》ほゆるかも

【出典】万葉集・巻第八・冬雑歌・一六三九

沫雪がまだらまだらに一面に降ると、奈良の都が思い出されるなあ。

大宰府長官の旅人が、冬の日に雪を見て奈良の都を思い起こした歌という明確な題詞がある。ただし、歌では雪を「見れば」のように詠むことはなく、「沫雪《あわゆき》のほどろほどろに零《ふ》り敷けば」と沫雪の情景《じょうけい》として描く。「ほどろほどろ」というリズム感が、旅人*らしくもある。ただ、「ほどろほどろ」の様相《ようそう》は確実にはつかめていない。また「沫雪」も平安以降は「あは雪」として春に降る淡雪となるが、『万葉集』では「あわ雪」であり別物である。

【題詞】大宰帥大伴卿、冬の日に雪を見て京《みやこ》を憶《おも》ふ歌一首。

＊旅人らしく―旅人は物思いを「つばらつばらに」と詠んでいた（12）。

イメージとしては、「沫《あわ》」と関わるものだろう。消えやすいと把握《はあく》する注釈書は少なくないが、この歌のように「降り敷く」ものとして描かれる例もあり、消えやすいとは捉えにくいようだ。むしろ「沫」に象徴される白という色合いを重視すべきでないか。「ほどろほどろ」とおそらく斑《まだ》らなさまであろうが、土なり冬草《ふゆくさ》なり、茶や緑やらの色とのコントラストを鮮《あざ》やかに印象付けるのではないだろうか。ここでの雪は必ずしも大雪ではない。奈良の都の雪もそれと同じような降り方で印象づけられていたのかもしれない。現在の奈良も積もるほど雪が降ることは多くない。また題詞で注意してよいのは「憶」という漢字を用いている点である。すなわち「思」「念」「想」などオモフと訓みうる漢字の中で、「憶」を採択《さいたく》したのは、追憶、記憶といった熟語に象徴される、遠い時間的な隔絶《かくぜつ》を感じさせようとする意図《いと》があったのではないか。大宰府と都という空間的な距離と相まって、時間空間の距離を痛感させる望郷の念を伝えるのだろう。作歌事情が詳細にはわからなくとも、ことばの理解が十全に果たせなくても、どこかしみじみとした余韻《よいん》を漂《ただよ》わす一首である。時代を超えて受け止められる名歌《めいか》はこういうところに生まれるのかもしれない。

＊「思」「念」「想」―オモフを示す場合、旅人は「念」を用いる傾向がある。

27

吾《わ》が岳《をか》に盛《さか》りに咲ける梅の花遺《のこ》れる雪を乱《まが》へつるかも

【出典】万葉集・巻第八・冬雑歌・一六四〇

―私の家の岡で、今盛りとして咲いている梅の花は、残っている雪を見間違えたのかなあ。―

【題詞】大宰帥大伴卿の梅の歌一首。

題詞に大宰府での梅の歌と明記される。この歌では、20〜22で見た梅花宴の時の旅人詠同様、梅と雪とが取り合わされているが、梅が実際に咲いていたのか、咲いていないか、大きく二説に分かれている。この歌では「まがふ」という、あるものを他のものと見間違えることを示すことばが使われている。二つの景物の実態はどうなのであろうか。「盛《さか》りに咲ける梅の花」という表現を素直に受け取れば、梅の花は盛りとなる。その盛りの状態の梅の花と残っている雪とを見間違えたということを一首にしたと考えるのが一つ。もう一つは、梅の花と思ったものが実は残った雪だったと捉えるもの。

梅花宴は正月の詠であったのに対し、これは「冬雑歌《ぞうか》」に収められているように、冬の歌と解されている点が異なる。梅が本当に咲いていたかどうかは判然《はんぜん》としない。ただ、梅の木があったからこそ、このような歌が詠まれたはずで、「吾が岳」は、25の秋萩の歌にもあったが、秋には萩が、冬から春にかけては梅が盛りになる岡であったことがわかる。旅人の大宰府での生活は、花に囲まれるものだったようだ。

なお、旅人の息子家持《やかもち》は、

*我が園《その》の李《すもも》の花か庭に散るはだれのいまだ残りたるかも

という一首を残している。天平勝宝《てんぴょうしょうほう》二年（七五〇）三月の*越中《えっちゅう》での詠。庭に散った白いスモモの花とまだらに残った雪「はだれ」との判然としないさまを詠んでいるが、白い花と雪とを混然《こんぜん》とさせる歌い方は、どこかこの旅人詠*を意識していたゆえかもしれない。

＊我が園の……―私の庭のスモモの花であろうか。庭に散るまだらに残った雪がまだ残っているのだろうか（巻十九・四一四〇）。
＊越中―現在の富山県。家持は越中国の国守であった。
＊旅人詠を意識―和歌大系（明治書院）の指摘に拠る。

28

還《かへ》るべく時はなりけり京師《みやこ》にて誰《た》が手本《たもと》をか吾が枕《まくら》かむ

【出典】万葉集・巻第三・挽歌・四三九

帰ることのできる時になった。都では誰の腕を私は枕にするのだろうか。

03と同じ題詞だが、時期は異なる。左注《さちゆう》に「右の二首、京に向かふ時に臨《ち》近《か》づきて作る歌」とあり、明らかに「神亀《じんき》五年」（七二八）の歌ではない。旅人の大宰府からの帰京は、『*続日本紀《しよくにほんぎ》』には記事がないが、『万葉集』の記載から天平二年（七三〇）の年末に出立《しゆつたつ》したことは間違いない。したがって、この二首は天平二年の冬の詠作となろう。その際の亡き妻への思いである。

この歌は「還《かへ》るべく時はなりけり」と言葉少なだが、遠い九州の地で、し

【題詞】神亀五年戊辰、大宰帥大伴卿、故人を思ひ恋ふる歌三首。

【左注】右の二首、京に向かふ時に臨《ち》近《か》づきて作る歌。

*続日本紀―平安初期成立。主に奈良時代を記述する正史。日本書紀に続く二番目

ばしば都への思いが述べられていただけに、深い感慨《かんがい》が込められていると受け止められよう。しかし、下三句《しもさんく》で述べるのは、都での独《ひと》り寝《ね》の推測である。03の歌では「私の手枕《たまくら》」を妻が巻いたと表現していたが、ここでは、「誰の手枕」を私が巻くのか、と主体が逆になっている。

*京師《みやこ》なる荒れたる家にひとり寝《ね》ば旅に益《まさ》りて苦しかるべし

この二首目では旅よりも都での独り寝は苦しいに違いないと推測する。これが予想通りであったかのように捉えられうる歌も旅人は残している（34）。

旅人は大宰府で、時に深刻に、時に軽妙《けいみょう》に望郷の思いを歌に託してきた。また、亡き妻への思いは痛いほどに伝わってきた。この二つの思いは素直な旅人の感情であったろうが、実は厳《きび》しいまでに対峙《たいじ》するものだったことを、この二首は明確にする。望郷は、都に戻ることでしか果たされない。それが手に届く瞬間、妻亡き生活が強く実感され、一層《いっそう》寂しくつらい生活が続くのだと予感するのである。待ち望んだ都には、望んでもいない孤独も待っているのである。

の国史。

*京師なる……—都にある荒れた家に一人で寝るならば、旅に勝って苦しいに違いない（巻三・四四〇）。

29

日本道《やまとぢ》の吉備《きび》の児島《こしま》を過ぎて行《ゆ》かば筑紫《つくし》の子島《こしま》念《おも》ほえむかも

【出典】万葉集・巻第六・雑歌・九六七

大和への道の途中にある吉備の児島を過ぎて行くのなら、筑紫の子島のことが思い出されるでしょうね。

この歌の題詞には「大納言《だいなごん》大伴卿」とある。今まで「大宰帥《だざいのそち》」であった旅人の官位が「大納言」に変わっている。また「和《*こた》ふる歌」とあり、先に歌が存在しないと成り立たない。この歌の前に左注で示された作歌事情を簡略に述べると、天平二年（七三〇）十二月、大宰帥だった旅人が、大納言を兼任《けんにん》するにあたり、上京することになった。その当日、水城《みづき》（地名）に馬を留め、大宰府の庁舎を見た。その時、見送りの一行に児島《こしま》という名の「遊行女《*いうかうぢよ》

【題詞】大納言大伴卿の和《こた》ふる歌二首。

【語釈】○吉備の児島―今の岡山県倉敷市の児島半島。昔は海上の島であった。

*和ふる歌―02参照。

*遊行女婦―貴賓《きひん》の宴席《えんせき》で歌《か》舞《ぶ》音曲《おんぎよく》などに携わった女

婦《ふ》」がいた。その女性が、別れることは簡単なのに、再会は難しいと嘆き、涙をぬぐって、別れの歌二首を詠じたという。その児島の歌が次の二首。

＊凡《おほ》ならばかもかもせむを恐《かしこ》みと振《ふ》りたき袖《そで》を忍《しの》びてあるかも

＊倭道《やまとぢ》は雲隠《くもがく》りたり然《しか》れども余《わ》が振る袖を無礼《なめし》と思《も》ふな

二首とも袖を振ることをテーマにしている。それは、親愛《しんあい》の情を明確に示す行為である。一首目は袖を振るのを我慢しているが、二首目は、無礼を顧《かえり》みず、振ってしまうのである。児島の高まる思いの推移を二首は鮮やかに描き出す。

旅人の「和ふる歌」では「日本道《やまとぢ》の吉備《きび》の児島《こしま》」と、大和国への途上《とじょう》の吉備の児島を詠む。「日本道」から詠み出すように、旅人の志向《しこう》は、明らかに大和への帰路《きろ》にある。その吉備の児島を過ぎる時に、筑紫の子島が思い出されるだろうと、名前と地名に一致する時を予感する。遊行女婦児島に優しい配慮を示しているのは間違いないが、同じ地名があると思い出すだろうということで、いつもいつも児島のことを思い出すとは詠んでいないのである。

なお、旅人が都にだけ目を向けているわけではないことは、次の30を読むとつかめよう。

性。

＊凡ならば……—あなた様が普通の身分のお方ならば、ああもこうもいたしましょうが、畏《おそ》れ多い方なので、振りたい袖も振らずにこらえております（巻六・九六五）。

＊倭道は……—あなた様がこれから進む大和への道は雲に隠れています。しかし、その雲の向こう側のあなたに向けて私が振る袖をどうか無礼と思わないでください（同・九六六）。

30

大夫《ますらを》と念《おも》へる吾や水茎《みづくき》の水城《みづき》の上《うへ》に泣拭《なみたのご》はむ

【出典】万葉集・巻第六・雑歌・九六八

―立派な男子たるものと思っている私ですが、水茎の水城の上で、涙を拭うことになるのでしょうか。―

29に続く歌。旅人は、「大夫《ますらを》と念へる吾」と立派な男子としての自覚を示すが、この水城での別れに際して涙を拭《ぬぐ》うことになるだろうかと詠む。「ますらを」たる人物が涙を流すとは…という感覚は、最近まで男子たるもの人前で涙を流さないというのが当然の美徳と思われていたところに通じよう。

この歌は、遊行女婦児島の歌に「和《こた》ふる」ものである。左注にある「児島《こしま》」「涙」を反映し、別れの悲しい気持ちの表出《ひょうしゅつ》は「和ふる」にふさわしい。し

【題詞】大納言大伴卿の和ふる歌二首。

【語釈】○大夫―「ますらを」は立派な男性の意。「ますらを」であることの自覚が、万葉集の男性歌人を貫《つらぬ》く一つの美学。○水茎の―水城の枕詞。類音の繰返しによ

かし、児島の二首の主題「袖」は詠まれない。また29は児島個人にしか生きないが、やや女々《めめ》しい男性像を詠む30は、児島だけでなく、別れの場に居合《いあ》わせた皆への思いを述べているようである。実際、旅人は人前でもはばからず涙を流したのかもしれない。大宰府での旅人の作歌モチーフは望郷と亡き妻への思慕《しぼ》にあった。この二首、29は望郷に通ずるが、30は望郷とはむしろ逆の志向で、部下や仲間への思いが純粋に表現されている。また、29は妻とは別の女性との別れを惜しんでいる。道徳的に『万葉集』を読んでしまうと、このような歌の存在は極《きわ》めて嘆かわしいだろうが、これが『万葉集』の描く現実である。思えば、直前に見た28も、都での独り寝を嘆くわけだが、堅《かた》く考えれば、妻を亡くした以上、大宰府でも独り寝だったのではないか。

旅人は、時に真剣に、時に軽妙に、歌を詠み、また部下にも接したと思《おぼ》しい。また亡き妻への思いに偽《いつわ》りはない。そのような、仕事もできながら、気さくなところもあり、そして人への本当の愛を知っている人物と想像すると、女性からの人気も絶大《ぜつだい》だったのではと思えてしまう。児島のような女性も旅人だからこそ別れを悲しんだのかもしれない。現在にも通ずる――現在にはなかなかいない――男性の理想像を体現《たいげん》しているのかもしれない。

るという説等あるが、かかり方未詳。

31

吾妹子《わぎもこ》が見し鞆《とも》の浦《うら》の天木香《むろ》の木は常世《とこよ》にあれど見し人そなき

【出典】万葉集・巻第三・挽歌・四四六

―愛しいあの娘と見た鞆の浦のムロの木は、常世にあるが、それを見た人はこの世にはいない。―

旅人が大宰府から上京する際の、亡き妻を思う歌。題詞に五首とあるが、最初の三首は鞆《とも》の浦《うら》で、後の二首はより都に近くなった敏馬《みぬめ》で詠まれている。

この鞆の浦での一首目は「吾妹子」が見たムロの木は「常世《とこよ》」にあるが、見た人はいないと詠む。ムロの木の不変性《ふへんせい》と対置《たいち》された「吾妹子」である。ムロの木は、杜松《ねず》の古名で、高さは時に十メートルにも達するヒノキ科の常《じょう》緑《りょく》針葉樹《しんようじゅ》と考えられている。そのような霊木《れいぼく》と意識された木を見たことが

【題詞】天平二年庚午冬十二月、大宰帥大伴卿、京に向ひて道に上る時に作る歌五首。

【左注】右の三首は、鞆《とも》の浦《うら》に過《よ》きる日に作る歌。

【語釈】○鞆の浦―広島県福山市鞆町《ともまち》の海岸。映画「崖《がけ》の

繰り返されるが、その木を見ること自体に長寿《ちょうじゅ》の約束でもあったのだろうか。「常世」とは、古代人が海の向こうの極めて遠い所にあると考えていた想像上の国。『日本書紀』で、＊垂仁天皇《すいにん》が＊田道間守《たぢまもり》に命じて「非時香菓《ときじくのかくのみ》」（橘《たちばな》のこと）を取りに行かせた場所でもあった。しかし、田道間守がそれを求めている間に垂仁天皇は崩御《ほうぎょ》してしまう。常世国は必ずしも未来永劫《みらいえいごう》の命を保証する場ではなかった。この旅人歌での「常世」は鞆の浦であるが、大宰府赴任《ふにん》の際、＊海路《かいろ》を通る旅人夫妻はこの鞆の浦に上陸し、この木を眺めたのであろう。海を渡って赴《おもむ》く遠い地に、見たこともない不思議な木、それは彼らにとって「常世」というにふさわしい世界であったろう。ムロの木を眺める二人は、旅の安全、お互いの健康を願ったのであろう。しかし、その願いは完遂《かんすい》することはなく、復路《ふくろ》の旅人には配偶者《はいぐうしゃ》がいなかった。鞆の浦のムロの木は何も変わっていない。まさに「常世」であった。不変の自然と変化する人事というテーマは、『万葉集』にしばしば見られる。「常世」ということばが虚《むな》しく響く。またムロの木を見たのは「吾妹子」だけでなく、旅人自身もそうだった。ここで「妹」だけが見たような自分を除《のぞ》いた描き方は、生き続けてしまった自分自身への埋め難い空虚感《くうきょかん》をも漂《ただよ》わせよう。

上《うえ》のポニョ」の舞台のイメージでもある。

＊垂仁天皇―第十一代天皇。殉死《じゅんし》の風習をやめさせ、埴輪《はにわ》に代えさせたとされる。

＊田道間守―旅人の息子大伴家持は「橘」を詠むにあたって、この田道間守のエピソードを踏まえ、橘を現世に伝えた功労者《こうろうしゃ》として描き出した（巻十八・四一一一）。旅人も「常世」と田道間守を関連づけて捉えていた可能性は低くないだろう。

＊海路―当時、大和地方を中心とした都から九州など西日本や、半島・大陸に出向く時は、難波《なにわ》（大阪）から瀬戸内海を通る海路が一般的であった。

32

鞆《とも》の浦《うら》の磯《いそ》の室《むろ》の木見むごとに相《あひ》見し妹《いも》は忘《わす》らえめやも

【出典】万葉集・巻第三・挽歌・四四七

鞆の浦の磯のムロの木をこの先も見ることがあるたびに、ともに見たあの娘のことを忘れられるだろうか、いやそんなことはない。

31と同じ題詞・左注の二首目。「鞆の浦の磯《いそ》の室《むろ》の木」と場をよりクローズアップし、ムロの木を見るたびに、亡き妻を忘れられないだろうとする。旅人はこの先、鞆の浦のムロの木を見るごとにと、何度も見ることを推測するのである。しかし、都に行く旅人が、この先何度も鞆の浦のムロの木を見ることはありえないはずである。「見むごと」は、鞆の浦を離れる時にでさえ、少しでも目にしたら、ということを示すのだろうか。ムロの木を見るた

【題詞】天平二年庚午冬十二月、大宰帥大伴卿、京に向ひて道に上る時に作る歌五首。

【左注】右の三首は、鞆《とも》の浦《うら》に過《よ》きる日に作る歌。

【語釈】○忘らえめやも―「え」は可能を表し、「めやも」は

びに亡き妻を忘れないということは、逆にいえば、見るたびに思い出すということだろう。ムロの木は妹《いも》を思い出させる契機《けいき》である。それは「相見し」という経験ゆえ生ずるのである。二人で見なければ、こんな思いにならないという痛恨《つうこん》の思いが背後にあるのではないか。永遠の命を約束してくれるような常世《とこよ》のムロの木は、生きている自分と、死んでしまった妻とを繋《つな》ぎ、そして離してしまう。見なければよかったという後悔とともに、見たことが妻との大切な記憶になっているのである。

　磯*の上《うへ》に根這《ねば》ふ室の木見し人をいづらと問はば語り告げむか

鞆の浦の三首目は、「磯の上《うへ》に根這《ねば》ふ室の木」とムロの木の描写はより細かくなる。根が横に延《の》びるさまを描くが、31で述べたように、ムロの木は天空に高く伸びゆくイメージであり、ここは更《さら》なる生命力の強さを感じさせる。そんな木を見た人はどこかと尋《たず》ねたら、語ってくれるのだろうかと、ムロの木に尋ねる体《てい》である。不変の自然と、変わってしまう人事、その違いを旅人はわかっているからこそ、この問いかけ自体の意味のなさもわかっているのだろう。それでも尋ねたくなる、生命力溢《あふ》れるムロの木なのであろう。

反語＋詠嘆（11）。

＊磯の上に…――磯の上に根を延ばしているムロの木を見た人を、どこにいるのかと尋ねるなら、語り告げてくれるだろうか（巻三・四四八）。

33

妹《いも》と来《こ》し敏馬《みぬめ》の崎を還《かへ》るさに独《ひと》りし見れば涙《なみた》ぐましも

【出典】万葉集・巻第三・挽歌・四四九

あの娘と来た敏馬の崎を、都に帰る時に独りで見ると涙が眼にあふれてくる。

前の鞆《とも》の浦《うら》の三首に続く敏馬《みぬめ》での詠。この地は瀬戸内の海路の旅の詠歌に、しばしば見られる。当時の都から一番近い港である難波津《なにわづ》（今の大阪港のイメージ）から西に進む場合の最初の目標が敏馬だったようだ。逆に上京の時は、間もなく都だということを実感させる場であったに違いない。旅人にとっての敏馬は、都での二人の思い出をオーバーラップさせる場だったのだろう。二首目を紹介しておこう。

【題詞】天平二年庚午冬十二月、大宰帥大伴卿、京に向ひて道に上る時に作る歌五首。

【左注】右の二首は、敏馬の崎に過《よ》きる日に作る歌。

【語釈】○敏馬―兵庫県神戸市灘《なだ》区の古地名。現在は摩耶《まや》

去《ゆ》くさには二人我が見し此の崎を独り過《す》ぐれば情《こころ》悲しも

妹と来た敏馬を独りで見ることを詠むのが四四九番歌、妹と見た敏馬を独りで過ぎることを詠むのが四五〇番歌である。移動と見ることとを二人だったのか、独りなのか、過去と現在とを含め対比《たいひ》している。独りで見て涙ぐましくなり、独りで過ぎて心が悲しくなってくるのである。大まかにいえば、同じようなことを二首にしたに過ぎないわけだが、痛切《つうせつ》なまでの孤独は、この二首を詠ませることしかできなかったのではないか。都に近くなったという実感は、亡き妻との思い出を一層明確にさせたのであろう。大宰府では望郷を述べていたが、その渇望《かつぼう》がようやく満たされそうになった時、亡き妻への思慕《しぼ》は一層強くなり、孤独はより強固に旅人の心を蝕《むしば》むのである。

旅人の上京途上の五首のうち、先の三首は鞆の浦のムロの木を「見る」ことに焦点が当てられた。敏馬の二首も「見る」は鍵《かぎ》だが「独り」が強調されている。都に近づき、孤独な老いた男を描き出すのである。なお、33の結句は「涙ぐましも」であり、目に涙を浮かべるイメージである。それは流れる涙ではない。このような旅人の描く映像感覚を大事に受け止めた上で、以下も読んでいきたい。

埠頭《ふとう》などの埋め立て地になった。

*去くさには……大宰府に行く時には、二人で私達が見たこの崎を独りで通過すると、心は悲しいよ（巻三・四五〇）。

34

人もなき空《むな》しき家は草枕《くさまくら》旅に益《まさ》りて苦しかりけり

【出典】万葉集・巻第三・挽歌・四五一

人もいないからっぽの家は、草枕、旅に勝《まさ》って苦しいものだと気付いた。

【題詞】故郷の家に還《かへ》り入《い》りて、即《すなは》ち作る歌三首。

【語釈】○草枕—「旅」にかかる枕詞。

題詞にある「故郷」はなじみの土地。ここでは奈良の都の近くの家、つまり佐保《さほ》のイメージである（06）。ただ、旅人のことばの使い方としては、故郷は明日香《あすか》あたりを指すことが普通であった（12・39）。その都近くの家に入って「即ち」、つまりすぐに作った三首である。

一首目のこの歌は家と旅とが対比され、旅より「空しき家」の方が苦しいことに気づいたという。先に28で、都に帰ることが近づいてからの詠歌《えいか》「京《みや》師《こ》なる荒れたる家にひとり寝《ね》ば旅に益《まさ》りて苦しかるべし」を読んだ。そこでは「苦しかるべし」という必然性を感じさせる強い推量だったが、ここでは「苦しかりけり」と実感している。予想は当たったかのようである。しかし、単に予想通りということを示すわけではない。「京師なる」の歌では「ひとり寝《ね》ば」という独り寝をしたらという仮定を伴うものだった。つまり妻がいないことをより実感するであろう、床《とこ》に着いてからの状況を予想すると、旅よりつらいものに違いないというものであった。しかし、この歌は題詞からして、家に入ってすぐの感慨《かんがい》であり、「人もなき空《むな》しき家」という状態が、寝ることにかかわらず、苦しいものであると気づかせたのである。横になってから思い出すような苦しさではない。おそらく亡き妻の面影を随所《ずいしょ》に感じさせる家なのであろう。妻はいないのに、空気は妻の生前《せいぜん》そのままを残し、旅人にとって時間はあのままの状態で止まっているのである。家にいること自体が苦痛なのである。強い望郷を抱いていた旅人にとって、予想だにしない感覚であったろう。あたかもかつての歌への自身の回答のような歌になっているが、その予想を上回る苦しみが故郷の家では待っていたのである。

35

妹《いも》として二人作りし吾《わ》が山斎《しま》は木高《こだか》く繁《しげ》くなりにけるかも

【出典】万葉集・巻第三・挽歌・四五二

あの娘と二人で作った家の庭は、木は高く草も茂って、すっかり荒れてしまったことよ。

【題詞】故郷の家に還《かへ》り入《い》りて、即《すなは》ち作る歌三首。

【語釈】○山斎―庭の意。

34に続くこの二首目は、二人の思い出を「山斎《しま》」に求める。木は高くなり、葉はすっかり茂っている。すぐに把握《はあく》できる様相《ようそう》であり、帰宅後すぐの感慨にふさわしい。大宰府赴任《ふにん》の期間の長さを改めて感じたことも読み取れようが、この一首に底流《ていりゅう》するのは、鞆《とも》の浦《うら》で実感した自然の生命力と、はかない人間の命との対比（32）ではなかろうか。懐かしい記憶を辿《たど》りながら、無駄にまで思える、溢《あふ》れる生命力を有する自然に呆然《ぼうぜん》とするのみであったろう。

吾妹子《わぎもこ》が植ゑ《う》し梅の樹《き》見るごとに情《こころ》むせつつ涕《なみた》し流《なが》る

この三首目では、庭の中の梅の木がクローズアップされる。それは亡き妻と一緒に植えたものであった。わざわざ梅を植えたと述べていることは、亡き妻も梅を好んでいたことを感じさせる。大宰府における梅のイメージは強いが、奈良の家にも植えていたのである。旅人が帰京したのは冬から春にかけてで、梅の花が咲き始めていて不自然でない。咲く梅もやはり生命力を感じさせる自然にほかならなかっただろう。一緒に見たかったなあという後悔の思いが、心のむせびと、流れる涙として表れているようだ。

『万葉集』巻第三はこのあたり、帰京、そして亡き妻をめぐる旅人の歌が並べられている（28以降）。本書では時系列を意識して、間に「児島《こしま》」との別れの歌（29・30）を挟《はさ》んだが、巻第三で構築されている旅人関係歌からは、都の苦しさの予感から、予想以上の苦しさの実感へと、じわりじわりと悲しみのありようを伝えてくる。そして、敏馬《みぬめ》ではこらえていた涙（33）が、最後の最後に「涕《なみた》し流《なが》る」と、はらはらと流れていくのであった。決して多くの言辞《げんじ》で飾ることはないが、ここの最後の一句「涕し流る」の持つ重さをしっかり受け止めたい。六十代半ばにして実に若い感覚である。

*吾妹子が…—愛しいあの娘が植えた梅の木を見るごとに、心は咽《むせ》びながら、涙がはらはらと流れる（巻三・四五三）。

36

ここにありて筑紫《つくし》やいづち白雲《しらくも》の棚引《たなび》く山の方《かた》にしあるらし

【出典】万葉集・巻第四・相聞・五七四

ここにいて、筑紫はどの方向でしょうか。白雲のたなびく山の方角であるらしい。

旅人の上京後、大宰府の＊沙弥満誓《しやみまんぜい》から二首の歌が贈られた。その歌に和《わ》したのがこの二首である。まず満誓の歌を読んでおく。

＊まそ鏡見飽《かがみみあ》かぬ君に後《おく》れてや朝《あした》夕《ゆふへ》にさびつつ居《を》らむ

「後れ」とあるが、先に行く人がいて、後に残された立場での言である。ここでは旅人を基準に自らを「後れ」とする。すなわち、満誓自身も上京を望んでいたことがうかがえる。朝に夕に、寂しい思いをしながら過ごすので

【題詞】大納言大伴卿の和《こた》ふる歌二首。

【語釈】○いづち―場所を問う疑問詞。

＊沙弥満誓―13に既出。

＊まそ鏡…―まそ鏡のように見ても満ち足りることのないあなたさまが都に行くの

あろうかと孤独感を前面に出す。しかし、冷静に読むと、離れる前は朝夕一緒にいたかのような関係性が背後にあったことになる。しかも満誓は旅人のことを「まそ鏡《かがみ》見《み》飽《あ》かぬ君」とよく磨《みが》かれた鏡を喩《ゆ》に、見飽《あ》きる事がないと、視覚的な美しさで描写するのである。旅人が男もうらやむ美男《イケメン》だったのかもしれない。だが、この表現からは、女性が好意を抱く男性に詠むかのように感ぜられる。二首目はその点が一層濃厚である。

＊ぬばたまの黒髪変《くろかみかは》り白髪《しらけ》ても痛《いた》き恋には逢ふ時ありけり

黒髪が白髪に変わってもという、老いらくの「恋」を詠む。対象が不在の時に生ずる思いが「恋」であるから、同性に絶対用いないというルールはないが、前の歌からの並びでは、女性のような満誓が浮かび上がってこよう。しかも出家者である満誓が「ぬばたまの黒髪変《くろかみかは》り白髪《しらけ》ても」と詠んでいる。綺麗《きれい》に言えば、仮託《かたく》された女性（ただし老女）を感じさせるが、悪く言えば、おふざけがすぎる。もちろん、別れて寂しい思いに偽りはないだろうが。このような女性の立場の詠歌に、旅人は「ここ」という指示語を用い、奈良の実感をかみしめながら、筑紫はどこなのだろうかと白雲に託して幻想的に詠む。西の方ということは承知しているだろうに。

に遅れて、朝と夕にさびしい思いをしながら過ごすのでしょうか（巻四・五七二）。

＊ぬばたまの……ぬばたまの黒髪が変わり、白髪になっても、心がヒリヒリするような痛い恋に逢う時があるのですねえ（同・五七三）。

37

草香江《くさかえ》の入江《いりえ》に求食《あさ》る蘆鶴《あしたづ》のあなたづたづし友《とも》無しにして

【出典】万葉集・巻第四・相聞・五七五

草香江の入江に食べ物をあさっている葦鶴というわけではないですが、たどたどしくたよりないことですよ、親しい友もいなくて。

前歌に続く二首目。鶴《たづ》から「たづたづし」ということばを導《みちび》き、旅人自身の拠《よ》り所のない不安を詠じたわけだが、最後は「友無しにして」と「友」と表現している。恋歌仕掛《こいうたじか》けの満誓《まんぜい》のユーモアに直接には乗っていないが、寂しい思いをしていることを伝えているのは間違いない。「草香《くさか》」は現在東大阪市日下《くさか》町のあたりの地名で、当時難波《なにわ》から奈良に入る時にはこの草香江のあたりを通ったようだ。旅人もその景観を見つつ帰京したのであろうが、博《はか》

【題詞】大納言大伴卿の和ふる歌二首。

【語釈】○たづたづし—拠り所がない不安な気持ち。頼りない、心もとない。「あしたづ」から導かれる。鶴の鳴き声のイメージも重なったか。

多湾《た》西部にも同名の地があったことも、この地名を詠み込む所以《ゆえん》になったのだろう。また、大宰府での旅人には、09「湯《ゆ》の原《はら》に鳴く蘆鶴《あしたづ》は吾《わ》が如《ごと》く妹《いも》に恋《こ》ふれや時わかず鳴く」、10「君がため醸《か》みし待酒《まちざけ》安《やす》の野《の》に独りや飲まむ友無しにして」という詠があった。鶴の鳴き声にかぶらせた自らの恋心や、独りで酒を飲む姿などを感じさせる歌である。都に行ってしまった「友」を詠む10の「友無しにして」の孤独感は、大宰府の旅人の情感《じょうかん》であった。37における「あなたづたづし」は、旅人自身の感情が第一義であるが、この10を踏まえると、「友」は都に来た旅人自身をも暗示し、「あなたづたづし」は大宰府に残る満誓の立場にもなりえたのではないか。「草香江」が難波と博多とで共通することがここで生きるだろう。旅人自身の友への思いを詠みつつ、満誓の思いをも忖度《そんたく》したような歌になっている。二人とも同じ気持ちなのである、と。

09・10のかつて大宰府で詠んだ二首も満誓は理解してくれている、という旅人の確信があるからこそ、このように詠じたのであろう。年齢の進んだ二人の、どこか知的で、おもしろく、そしてどこか深い友情が感じられる贈答《ぞうとう》である。

38

吾《わ》が衣《ころも》人にな著《き》せそ網引《あびき》する難波壮士《なにはをとこ》の手には触《ふ》るとも

【出典】万葉集・巻第四・相聞・五七七

私の差し上げた衣を、他の人には着せないでください。網を引く難波の男の手には触れるとしても。

旅人が「新《あらた》しき袍《うへのきぬ》」を「摂津大夫高安王《せつつのかみたかやすのおほきみ》」に贈った時の歌である。*摂津は難波宮や難波津を擁《よう》する特に重要な地域で*国府《こくふ》を設けず、職《しき》という役所を特設《とくせつ》していた。「摂津大夫」はその摂津職《せっつしき》の長官のことで、他国の国司《こくし》に相当する。高安王は*天武《てんむ》天皇の曾孫《そうそん》で五世王にあたる。旅人との関係は不明。題詞に「大納言大伴卿」とあり、帰京後の旅人であることは明らか。「袍」は朝廷の公事《くじ》に着用する朝服《ちようふく》のこと。三位の旅人の袍《ほう》の色は浅紫、五

【題詞】大納言大伴卿、新《あらた》しき袍《うへのきぬ》を摂津大夫高安王《せつつのかみたかやすのおほきみ》に贈る歌一首。

【語釈】○人にな著せそ—「な〜そ」は禁止。

*摂津—現在の大阪府北中部の大半と兵庫県南東部。

*国府—古代日本で、国ごと

世王の高安王も浅紫で同色。親王および大納言は朝服でなく礼服《れいふく》を着用する定めであり、大納言旅人に朝服は不要となったので、それを高安王に贈ったとも解されているが、着なれた公用着ではなく、題詞に示されるように「新しき袍」であり、新しいものを授《さず》ける意味を見出《みいだ》すべきだろう。しかし、歌では「衣《ころも》」とされる。それだと下着のイメージになる。下着を交換するのは、恋仲の男女の行為であり、ここに男女間の偽装《ぎそう》が見られる。他の人に着せるなということは、高安王だけが着るべきだという意味で動かないが、難波男が手を触れてもかまわないと付け足してくる。難波男は「網引《あびき》する」と表現されるように、漁に携《たずさ》わる人間で、野鄙《やひ》なイメージもあるのかもしれない。ここの難波男が誰を指すか、諸注《しょちゅう》分かれる。高安王本人であるとか、文字通り網引する難波男であるとか、高安王周辺の下級官人であるとか、使いに来た摂津職の若い官人であるとか定説を見ない。誰を指すのであれ、難波男が手は触れても「衣」を他の人に着せないでと、どこか諧謔味《かいぎゃくみ》のある表現になっている。まじめな題詞にふまじめな歌のようなこの齟齬《そご》は、高安王への旅人の心持《こころもち》の表れであろう。旅人は大宰府からの帰京に際して、高安王に世話になったのかもしれない。

に置かれた地方行政府。その長官が国司、国の守《かみ》である。

＊天武天皇―第四十代天皇（?―六八六）。兄である天智《てんじ》天皇没後、天智天皇の子である大友《おおとも》皇子を打倒（壬申《じんしん》の乱）。その後、飛鳥浄御原《あすかきよみはらの》宮《みや》で即位し、八色《やくさ》の姓《かばね》の制定などにより律令制を整備した。

39

指進の栗栖《くるす》の小野《をの》の芽花《はぎのはな》散らむ時にし行きて手向《たむ》けむ

【出典】万葉集・巻第六・雑歌・九七〇

指進の栗栖の小野の萩の花を散るような時に、行って手向けをしよう。

天平三年（七三一）に詠まれた二首のうち二首目。秋の景物萩《はぎ》を詠む。旅人が都に戻って来たのは天平三年の初め、亡くなったのは同年七月二十五日（太陽暦九月四日）だった。『万葉集』所収の旅人歌の中で、この二首はおそらく最後の詠である。死期《しき》を悟っていたのかもしれない。「寧楽《なら》の家」で思い起こすのは「故郷」、旅人が壮年期《そうねんき》まで過ごした明日香である。大宰府でも、明日香や吉野を志向していたこと（11〜13）と通底《つうてい》しよう。

【題詞】三年辛未《しんび》、大納言大伴卿、寧楽《なら》の家に在《あ》りて故郷を思ふ歌二首。

【語釈】○手向け─神や仏に供《そな》え物をすること。多く、旅行く人が土地土地の道の神に対して道中の安全を祈願し、供えた。

旅人は死を間近《まぢか》に、何を思ったのであろうか。それは旅人自身の言からは辿《たど》れない。旅人が亡くなる時、仕えていた余明軍《よのみようぐん》は「*かくのみにありけるものを芽子《はぎ》の花咲きてありやと問《と》ひし君《きみ》はも」と詠んだ。旅人は死の間際《まぎわ》に萩が開花したかどうかを尋ねたようだ。「散らむ時」はさらに先で、今は不調でも健康になったら、手向けをしにいこうという気持ちであろう。病床《びようしよう》の詠の可能性は高い。この第一句「指進」は訓《よ》みが確定せず、漢字原文のまま掲出する。また「栗栖《くるす》の小野《をの》」も地名だろうが、どこか不明。一首目を読もう。

*しましくも去《ゆ》きて見てしか神名火《かむなび》の淵《ふち》は浅《あ》せにて瀬《せ》にかなるらむ

「しましくも去《ゆ》きて見てしか」はほんの一瞬でも見に行きたいという意。病床と仮定すると、その響きは切実《せつじつ》である。旅人が見たいと思ったのは明日《あす》香川《かがわ》の様子、流れも停滞《ていたい》しているはずの淵が浅くなって流れの速い瀬になっているかということである。明日香川の状況を誰かから聞いたのであろうか。不変と思われた自然が変化していることが、旅人の興味を呼んだのであろう。しかし、旅人は願いを果たすことなく、終焉《しゆうえん》の時を迎えたのであろう。享年《きようねん》六十七歳。『万葉集』の歌人としては七年で駆け抜けている。

*かくのみに……――こんなにもはかない命であるのに、萩の花が咲いているのか、とお尋ねになった君であるよ（巻三・四五五・挽歌）。

*しましくも……――ほんの少しの時間でも行って見てみたいものだ。明日香の神奈備《かんなび》の淵は浅くなって瀬になっているのだろうか（巻六・九六九）。

歌人略伝

大伴旅人《おおとものたびと》は、天智《てんじ》四年（六六五）に誕生し、天平《てんぴょう》三年（七三一）秋七月二十五日に没した。享年六十七歳。大伴氏は、天皇直近で軍事に携《たずさ》わった名門の家柄である。しかも旅人はその大伴氏の族長であり、従二位《じゅにい》、大納言《だいなごん》という極めて高い地位にまで到達している。このような名門貴族の旅人の息子家持《やかもち》は『万葉集』の編纂者《へんさんしゃ》として目されており、一般的に旅人も歌人としての印象の方が強いだろう。ただし、柿本人麻呂《かきのもとのひとまろ》や山部赤人《やまべのあかひと》などとは異なり、旅人は奈良時代の正史『続日本紀《しょくにほんぎ》』からも多くの事績《じせき》を辿《たど》れ、歌だけでその名を後代に残した人物ではない。旅人の歌には政治史の側面に関わってくるものもある。

このような名門貴族の成長過程を歌で追ってみたくなるが、『万葉集』に残された旅人の歌は還暦《かんれき》を過ぎてからのものしかない。旅人はそのころ、大宰府《だざいふ》の長官（大宰帥《だざいのそち》）として九州に出向いている。そこで山上憶良《やまのうえのおくら》などと文学上でも交流があり、『万葉集』を形成する上で重要な作品を残した。また大宰府赴任直後に妻の大伴郎女《いらつめ》を亡くしている。旅人の多くの作品の基調は、大宰府における望郷《ぼうきょう》と、亡妻《ぼうさい》への追懐《ついかい》である。ただ、そのようなネガティブになりかねない歌だけではなく、部下との陽気な関係も築けていたことを推測させる歌も存在する。深い悲しみも、底抜けの楽しみもよく知っていた人間旅人が『万葉集』から浮かび上がるのである。老年旅人の歌は実に瑞々《みずみず》しく若々しい感性に溢《あふ》れており、青年期にどんな歌を詠んだのだろうか、と知りたくなるが、何も残っていない。残念である。

略年譜

年号	西暦	年齢	旅人の事跡	歴史事跡
天智四	六六五	1	旅人誕生（大納言安麻呂の第一子）。	
六	六六七	3		三月、近江大津宮遷都。
天武元	六七二	8		六月、壬申の乱。
朱鳥八	六九四	30		十二月、藤原宮遷都。
大宝元	七〇一	37		八月、『大宝律令』完成。
和銅三	七一〇	46	一月、正五位上の旅人は、朝賀の儀に、左将軍として参加（『続日本紀』旅人初出）。	三月、平城京遷都。
五	七一二	48		一月、『古事記』撰進。
七	七一四	50	五月、大納言兼大将軍大伴安麻呂薨去。	
霊亀元（和銅八）	七一五	51	一月、旅人従四位上に昇進。	九月、元正天皇即位。
養老二	七一八	54	三月、旅人中納言に。	『養老律令』完成。
四	七二〇	56	三月、旅人、征隼人持節大将軍として隼人に。	五月、『日本書紀』完成。八月、藤原不比等薨去。

			十月、長屋王と旅人、勅使として、不比等へ正一位を追贈。	
神亀元	七二四	60	二月、旅人正三位に昇進。 三月、吉野行幸。	二月、聖武天皇即位。
四	七二七	63	暮頃、旅人大宰帥として下向か。	
五	七二八	64	旅人の妻大伴郎女死去。 六月、旅人「凶問に報ふる歌」作る。	
天平元	七二九	65	十月、旅人、京の藤原房前に、倭琴を贈る。	二月、長屋王の変。 三月、小野老昇叙。 八月、藤原光明子立后。
二	七三〇	66	一月、旅人邸にて梅花の宴。 七月、旅人邸にて七夕の歌。 十月、旅人大納言に？ 十一月、大伴坂上郎女、大宰府出発。 十二月、旅人帰京	
三	七三一	67	一月、旅人従二位に昇進。 七月、旅人薨去。	

解説　「人間旅人の魅力」――中嶋真也

大伴氏として

大伴旅人は、佐保大納言《さほのだいなごん》と称された大伴安麻呂《やすまろ》の第一子として、天智《てんじ》四年（六六五）に誕生し、天平《てんぴょう》三年（七三一）六十七歳で没した。大伴氏は、古くから軍事を主に天皇に仕える朝《ちょう》廷《てい》の中心を担《にな》う氏族《うじぞく》であった。旅人はその族長《ぞくちょう》でもあり、大納言《だいなごん》まで出世した。嫡子《ちゃくし》家持《やかもち》は、日本現存最古の歌集『万葉集』の編纂《へんさん》に深く携《たずさ》わった。家持の妻大伴坂上大嬢《さかのうえのおおいらつめ》の母、大伴坂上郎女《さかのうえのいらつめ》は、『万葉集』中、八十首以上と女性で最も多くの歌を残す。その坂上郎女も、安麻呂の子で、旅人の異母妹《いぼまい》にあたる。大伴旅人も『万葉集』において七十首以上の歌を残す重要な歌人である。本書では、旅人の歌人としての生涯を辿《たど》れるような配列にしたが、『万葉集』に残された旅人の歌は六十歳以上の詠のみで、その大半が帥《そち》として赴任した大宰府《だざいふ》と関わるものである。旅人の歌人としての足跡《そくせき》を辿る上では政治史を無視することはできない。

旅人の歌風

旅人の歌は、総じて平明《へいめい》とされ、人柄《ひとがら》がよく表れているとされる。美しい自然を好み、女性には無限の愛を注《そそ》ぎ、中国古典の豊かな教養を有し、さまざまな部下と強い信頼関係を持ち、時に諧謔《かいぎゃく》に愚痴《ぐち》を述べる…現代にもし生きていたら、魅力《みりょく》ある上司になる人だろう。一方、旅人と何かと対比される山上憶良《やまのうえのおくら》のように、庶民への関心が高かったようには見えない。旅人は根からの貴族であったのだろう。本解説では旅人が関わりながら、旅人の詠歌が収められず、本書では取り上げていない歌などを紹介し、旅人の理解を深めたい。

『懐風藻』の旅人

旅人は、日本現存最古の漢詩集『懐風藻《かいふうそう》』（七五一）に「五言　初春宴《うたげ》に侍す　一首」を残す。

寛政《くわんせい》の情《こころ》既に遠く、迪古《てきこ》の道惟《こ》れ新《あらた》し。穆々《ぼくぼく》四門《しもん》の客《まらひと》、済々三徳《せいせいさんとく》の人。梅雪残岸《ざんがん》に乱れ、煙霞《えんか》早春に接《つらら》く。共《とも》に遊ぶ聖主《せいしゅ》の沢《たく》、同《とも》に賀《ほ》く撃壌《げきじやう》の仁《じん》。

（政治刑罰を寛大にする天子の心は遠い昔から続き、古代の正しい道に従い行う政道は新しい。宮中四方の門からやってくる賓客《ひんきやく》は美徳があり、三つの徳（智仁勇）を備えた群臣《ぐんしん》は数多く宴に侍《じ》す。梅と雪は崩れた岸に乱れ散り、春のもやは早春の空に混じり合う。皆が共に聖天子《せいてんし》の恩沢《おんたく》に遊宴《ゆうえん》し、皆が天下泰平《てんかたいへい》に治めている仁徳《じんとく》を祝賀する。）

いつ作詩されたかは不明だが、初春の宮中での宴である。君臣和楽《くんしんわらく》の様相《ようそう》を高らかに一首にする。旅人歌との関わりでは梅と雪とを詠む点に注目されるが（20・22・27）、ここで実景が雪なのか、梅なのか、それとも両者共存するのか、詳細は不明である。

部下、一族

旅人の人柄は、『万葉集』では旅人詠以外からもうかがえるところが少なくない。

巻第八に山上憶良の七夕歌が収められている（⑧一五一八〜一五二九）。一五二一番歌左注に「右、天平元年七月七日の夜に、憶良、天河を仰《あふ》ぎ観《み》る。一に云はく、帥の家にして作る。」、一五二六番歌左注に「右、天平二年七月八日の夜に、帥の家に集会《つど》ふ。」とある。中国伝来の七夕の宴を旅人邸で開いたというのは、中国的な趣味が濃厚《のうこう》と思《おぼ》しき大宰府――半島や大陸の窓口であった――の雰囲気に合ったものだろう。『万葉集』には、ここでの憶良の七夕歌しか残っていないが、旅人も七夕の歌を詠んだ可能性は高いだろう。旅人の七夕歌も読んでみたかったものである。

天平二年（七三〇）六月、旅人は突然、脚に瘡《かさ》（腫れ物）ができ、床《とこ》に臥《ふ》した。死を覚悟したようで、奈良の都にいる腹違いの弟稲公《いなきみ》、甥胡麻呂《こまろ》に遺言を伝えたいとして、大宰府への来訪を願った。天皇の命令で両者がお見舞いに派遣された。数十日経って無事恢復《かいふく》した。稲公らが都に帰る時に、大宰府の役人大伴百代《ももよ》らが詠んだ歌が二首残されている（④五六六、五六七）。旅人が稲公らにどのような感謝を伝えたかは不明である。ここで都に帰る稲公を送った人物に「卿の男家持」として、時に十三歳かと推定されている家持も登場する。

同じ天平二年、何月かは不明だが、擢駿馬使《てきしゅんめし》（優秀な馬を選ぶため諸国に派遣される使）になった大伴道足《みちたり》が、勅使として大宰府に派遣された時、旅人の家で宴が催された。この日集まった人々が、葛井広成《ふじいのひろなり》に作らせた歌が『万葉集』に残されている（⑥九六二）。旅人もこの場に居合わせたのは間違いないが、歌はない。

天平二年は旅人が上京する年である。その年十一月、大伴坂上郎女《さかのうえのいらつめ》が「帥の家」を出発し、上京した時の歌が残されている（⑥九六三）。いつから坂上郎女が大宰府に赴いていたか不明だが、坂上郎女も旅人の許《もと》にいた時期があることになる。憶良が七夕歌を作った時、旅人の脚に瘡ができた時、大伴道足が勅使として派遣された時もいたのかもしれない。坂上郎女もそれぞれで歌を詠んだ可能性はあるが、『万葉集』はそこを伝えない。

旅人が大納言に任じられ帰京するにあたって、残された人々はお別れ会を開いた。29・30で見た児島《こしま》以外にも二つ確認できる。一つは山上憶良邸のもの（⑤八七六〜八八二）、もう一つは官人たちが蘆城《あしき》の駅家《うまや》で行なったもの（④五六八〜五七一）である。

前者は、題詞には「書殿《しょでん》にして餞酒《せんしゅ》する日の倭歌《やまとうた》四首」（⑤八七六）、「敢《あ》へて私懐《しくわい》を布《の》ぶる歌三首」（⑤八八〇）とあるのみで、誰への餞《はなむけ》か判然としないが、歌から、都へ上がる人で、かつ権力を持っている人と判断でき、そして左注に「天平二年十二月六日　筑前国司山上憶良　謹上」とあり、旅人送別と考えて間違いない。憶良は、

天離《あまざか》る鄙《ひな》に五年《いつとせ》住《す》まひつつ都のてぶり忘《わす》らえにけり（⑤八八〇）

我《あ》が主《ぬし》の御霊《みたま》賜《たま》ひて春さらば奈良の都に召《め》上《さ》げたまはね（⑤八八二）

のように詠み、五年の田舎生活で都のふるまいを忘れたとして、春になったら都に引き上げてほしいと切実に訴《うった》えている。旅人がどう応じたかを、『万葉集』は語らない。

後者は時期は明確でないが、「大宰帥大伴卿、大納言に任《ま》けらえ、京に入らむとする時」と題詞にあり、作歌事情は明確である。ここでは大伴四綱《よつな》の歌を紹介しておく。

月夜《つくよ》よし河音《かはおと》清《さや》けしいざここに行《ゆ》くも去《ゆ》かぬも遊びて帰《ゆ》かむ（④五七一）

四綱は、望郷の歌のきっかけを、「藤」を強調して、ある面悪ふざけして詠んだ人物である（11）。「行く」ということばが強調されるが、漢字原文に「行毛不レ去毛　遊而将レ帰」とあり、字を使い分けている。都へ行く人も、行かない人も、ここに遊んで、そして大宰府に帰ろうという。別れを認めつつ、一緒に同じ場に今日は帰ろう、とさりげなくも別れたくない思いを伝える歌だろう。別れる日が近づくことは、一緒にいられる日が短くなることだった。旅人と別れたくない思いをじわじわと感じさせてくれる歌である。旅人はどんな気持ちでこの歌を味わったのだろう。本当の感動は歌を残させないのかもしれない。

旅人上京後、別れを悲しんだ満誓《まんぜい》の歌に旅人は「和歌」を残していた（36・37）。他に旅人の歌は確認できないが、筑後守葛井《ちくごのかみふじいの》大成が悲嘆して作った歌（④五七六）もある。時期は未詳だが、大宰府の旅人に歌を贈った丹生女王《にうのおおきみ》もいる（④五五三・五五四、⑧一六一〇）。

旅人の死

『万葉集』が大伴氏の歌集の側面が強いことは間違いないが、楽しそうな宴の雰囲気を伝えてくれる歌や、別れを悲しむ歌がここまで収められている人物は他にいない。その要因は旅人の個性、人間性に求められるだろう。

ここまで皆に愛された旅人だが、死は訪れる。その際の歌が六首連続して収められている（③四五四～四五九）。39の旅人の最後の詠で紹介した、余明軍《よのみょうぐん》の歌、

かくのみにありけるものを芽子《はぎ》の花咲きてありやと問《と》ひし君《きみ》はも（③四五五）

は、花を愛した旅人への追悼である。余明軍の五首が『万葉集』には残されている。

見れど飽《あ》かずいまししし君がもみち葉《ば》の移りい行《ゆ》けば悲しくもあるか（③四五九）

この歌を詠んだ県犬養宿祢《あがたいぬかいのすくね》人上《ひとかみ》は、天皇の命を受けて旅人の病状を診《み》た人物である。左注に「然《しか》れども医薬《いやく》験《しるし》なく、逝《ゆ》く水 留《とどま》らず。これによりて悲慟《かなし》びて、即ち此の歌を作る。」とある。現在から見れば心許《こころもと》ない医術であろうが、必死で皆が看護にあたったさまがうかがえる。外には葉が色づいていたのだろうか。自然の推移と一致するように、旅人はこの世を去っていった。

『万葉集』で旅人の死を伝える歌はこの六首のみである。旅人の死に接し、坂上郎女は、家持は、憶良は、満誓は、四綱は、どう感じたのだろう。歌も作れないほどに悲嘆したのかもしれない。『万葉集』は魂の真実の叫びだけを収める歌集ではないようだ。

人間旅人

本解説では、歌人としての旅人像を探る上で、本書で取り上げきれなかった旅人の様相を『懐風藻』『万葉集』から取り上げてみた。そこに明確な統一的な人物像が出て来るわけではないが、多くの人に慕《した》われた人物であったことは間違いない。『万葉集』に残された歌を読んでいくと、旅人という人は沈鬱《ちんうつ》になる時も、陽気になる時もあった。それらを総合してみると、嬉しい時、悲しい時、そういう当たり前のことを当たり前に受け止められるバランスのよい人間像が浮かび上がって来よう。それが人間旅人の姿なのである。

読書案内

『万葉集』（新編日本古典文学全集）全四冊　小島憲之ほか　小学館　一九九四―一九九六
『万葉集』（新日本古典文学大系）全四冊　佐竹昭広ほか　岩波書店　一九九九―二〇〇三
『万葉集』（和歌文学大系）全四冊　稲岡耕二　明治書院　一九九七―二〇一五
　漢字文献『万葉集』は、単純明快に全てが読解できているわけではない。右の三書は現在の『万葉集』研究の高い水準を明確な形で示してくれる書。全首を読んでみたい時、拾い読みをしたい時、さまざまな期待に応えてくれる。『万葉集』を読むための最善の書である。本書に引用した『万葉集』歌の表記は、基本的に和歌文学大系のものに拠《よ》った。

『日本の古典をよむ　万葉集』　小学館　二〇〇八
右に紹介した新編全集版から代表的な歌を抄出してある。主要歌人紹介や、解説は鉄野昌弘氏による書き下ろしで、わかりやすく学ぶ所が多い。

〇

『私の万葉集』全五冊　大岡信　講談社新書　一九九三―一九九八
『折々の歌』でも知られ、現代詩人でもある大岡信氏の『万葉集』の解釈。抄出されているが、どの歌が選ばれているかにも、大岡氏のセンスがあふれている。時に大胆な解釈もあり、『万葉集』の楽しさを実感できる書。

『万葉集鑑賞事典』　神野志隆光編　講談社学術文庫　二〇一〇

『万葉集』の基礎知識などが紹介されている。「歴史的背景」など「事典編」も有益だが、前半の「鑑賞編」が歌人別になっており、かつ鑑賞の内容も秀逸。

○

『セミナー万葉の歌人と作品』第四巻・第五巻　坂本信幸・神野志隆光編　和泉書院　二〇〇〇

旅人と憶良を中心に据えて、総論に始まり、基本的に歌群ごとに、研究者の書き下ろし論文が載せられる。巻末の文献目録も有用。また同シリーズの第十二巻「万葉秀歌抄」も一首一首に短いながら読み応えのある解釈を提示する。

『山上憶良』（人物叢書）　稲岡耕二　吉川弘文館　二〇一〇

表題は山上憶良だが、大宰府における大伴旅人との交遊に多くの筆を費やしており、旅人に関しても学ぶところが極めて多く、今後の研究の立脚点にもなる。

【付録エッセイ】

梅花の宴の論（抄）

『古典を読む　万葉集』（岩波書店　二〇〇七）

大岡　信

大岡信《おおおかまこと》（詩人）〔一九三一—〕「大岡信詩集」「折々のうた」。

天平二年正月十三日、筑紫大宰府の長官である大伴旅人邸で、庭に咲いた梅を賞《め》でる観梅の宴が開かれた。招かれた客は、筑紫の国司や大宰府の職員たちで、筑前守山上大夫（憶良）も招かれた一人であった。この宴会は、主客あわせて三十二人、眼前の梅を題材に、おのおの喜びの心をもって歌一首ずつを詠み合ったもので、文雅のうたげとしては日本でも最も早いものの一つだった。その意味で、後世の歌合《うたあわせ》や連歌《れんが》の先駆形態といってもいいもので、大いに注目されている。もっとも、ここで漢詩まで含めて考えるなら、『懐風藻』にも天皇の作に唱和する「応詔」の詩はじめ、「侍宴」「遊覧」「曲水宴」「離宮従駕」あるいは新羅の賓客を歓迎する雅宴の詩などを収めているように、天皇や高位の貴族と、それを取りまく侍臣たちとの集団的な詩の制作はすでにかなり一般化していたと考えられるし、旅人自身、『懐風藻』に漢詩作品を残す詩人でもあったが、ヤマトウタの分野では、この時の梅花の宴が、いわば画期的な催しだったのである。

この宴の主客三十二人による三十二首の唱和は、巻五の八一五番から八四六番までを占めているが、この時の宴がよほど主人の旅人にとっては印象的かつ満足すべきものであったためであろう、後日さらに、「後に追ひて梅の歌に和《こた》ふる四首」（八四九―八五二）が、おそらくは旅人自身と考えられる作者によって付け加えられている。

さて、三十二首の梅花の歌には、漢文による「序」が付けられている。作者名はないが、大伴旅人説、山上憶良説、某官人説などがあるうち、大伴旅人と見るのが最も妥当と思われる。他にも理由はあるが、文辞の華やぎ一つをとってみても、山上憶良の他の文章と較べてみれば一目瞭然といっていいほど異質だからである。

天平二年正月十三日、帥老《そちのおきな》の宅《いへ》に集まり、宴会を申《の》ぶ。時に初春令月《れいげつ》、気淑《よ》く風和《やはら》ぎ、梅は鏡前の粉《ふん》を開き、蘭は珮後《はいご》の香《かう》を薫らす。加之《しかのみならず》、曙《あけぼの》の嶺《みね》に雲移り、松は羅《うすもの》を掛けて蓋《きぬがさ》を傾く。夕の岫《くき》に霧結び、鳥 縠《うすもの》に封《こ》められて林に迷《まと》ふ。庭には舞ふ新しき蝶、空には帰る故《ふる》つ雁。ここに天を蓋《きぬがさ》にし、地を坐《しきゐ》にし、膝を促《ちかづ》け觴《さかづき》を飛ばす。言を一室のうちに忘れ、衿を煙霞の外に開き、淡然《たんぜん》として自《みずか》ら放《ほしきまま》に、快然として自ら足る。若《も》し翰苑《かんえん》にあらずは、何を以《も》ちてか情を攄《の》べむ。詩に落梅の篇《へん》を紀《しる》す。古今それ何ぞ異ならむ。宜《よろ》しく園の梅を賦《ふ》して、聊《いささ》か短詠を成すべし。

（中略）

このような序のあとに、三十二首の梅花の歌が並ぶわけだが、主催者の旅人は、おそらく自らこの序を朗々と読みあげてから、最上席の客たる大弐《だいに》紀卿《ききよう》以下三十一人に、次々に和歌を詠みあげさせたのだろう。この場合、歌はおそらく、後世の歌合の場合の通例に等しく、各人あらかじめ用意してきたものと思われる。当日その場で即席に作ったならもう少し全体の運びがスムーズに行っただろうと思われるような、一首から次の一首への移り行きに多少のぎこちなさがあるのが感じられるからである。歌に現れる主な素材は、梅の花——さかんに咲いている姿と、散りつつある姿との両方で詠まれていて、眼前の実景としては少々おかしい——、柳、鶯、そして酒盃である。

梅の花今咲ける如《ごと》散り過ぎずわが家《へ》の園《その》にありこせぬかも　巻五・八一六　小弐《しように》小野《おの》大夫《だいぶ》
春さればまづ咲く宿の梅の花独り見つつや春日暮《くら》さむ　同・八一六　筑前守山上大夫《つくしのみちのくちのかみやまのうえだいぶ》
青柳《あをやなぎ》梅との花を折りかざし飲みての後は散りぬともよし　同・八二一　笠沙弥《かさのさみ》
わが園に梅の花散るひさかたの天《あめ》より雪の流れ来るかも　同・八二二　主人

はじめの方から数首を引けばこのようなものである。三十二首を通観してもはっきり言えることだが、「主人」すなわち大伴旅人の作が群を抜いていい。丈《たけ》の高さといい、清爽の気のみなぎるいさぎよさといい、旅人が生れついてのよきうたびとであることがわかる。それに対して憶良の歌は、何とも意気あがらぬ感じの歌である。春になるとまず咲くこの家の梅の花を、ただ一人で見ながら春の日を暮らすことであろうか、というのだ。

私は以前にも、先述の小論でこの歌の奇妙さについて書いたことがある。大勢集まって陽気に酒盛りをしているはずのその場の雰囲気に対しておよそ場違いのはずのこの歌は、いったいどのようなモチーフで作られているのか。

私の考えでは、この歌は憶良が今日の宴の主人である旅人の気持になり代って詠んだ歌である。由来、この歌のモチーフについてはいくつかの説があるが、私ははじめてこの梅花の歌三十二首を読んだ時以来、右のように考えている。

憶良には、旅人が長年連れ添った愛妻大伴郎女を神亀《じんき》五年のたぶん四、五月ごろに九州の地で喪《うしな》って悲嘆にくれていたとき旅人に上《たてまつ》った弔文《ちょうぶん》と漢詩、ならびに長歌「日本挽歌」とその反歌五首の一連の力作があるが、この時の憶良の作品も、実は旅人に代って妻の死を嘆き悲しむ体裁のものである。どういうわけで彼がそのようなことを思いたったのか――彼がこれらの作を旅人に贈ったのは、旅人夫人の死から二、三カ月も経たと考えられる七月二十一日であるから、よほど念入りに弔文を推敲したあげくのことだったに違いない――、私にはよくわからない。ほとんどひけらかさんばかりに儒・仏の教養を全文にちりばめながら憶良が書いた弔文は、釈迦や維摩大士さえも逃れることのできない人生の苦悩とはかなさ、死の絶対性を前にした人間存在の卑小さに関する哲学的考察といったような性質のもので、最後に七言絶句の詩が来て全文をしめくくる形をとっている。この七言絶句は「妻の死によって愛欲の河の波浪も消え、世の苦悩もまたなくなった、もともとこの穢土《えど》を厭離する身である、願わくはかの仏の浄土にわが生を託したい」という、仏教的（法華経的）欣求浄土《ごんぐじょうど》思想をうたっているものだ。これに続いて、同じく旅人自身が妻の死を嘆くスタイルの長歌「日本挽歌」と反歌五首が置かれている。この反歌五首の中には、

妹が見し楝《あふち》の花は散りぬべしわが泣く涙いまだ干《ひ》なくに　巻五・七九八

といういい歌が一首含まれているが、この漢文の弔文・弔詩・和歌の長歌・反歌という一連の作品を憶良から上《たてまつ》られた肝心の旅人は、いったいどんな面持《おもも》ちでこれを受けとったことだろう。それを想像すると、何とも複雑な気持になる。何しろ憶良は、大まじめで、妻をなくした旅人の気持になり代って歌うという形の、堂々たる弔問作品を仕上げてきたのである。旅人は、一面では鬱陶しく、うとましくさえある思いをいだいたろうが、他面、不思議な魅力をも、この七十歳になんなんとする謹厳実直の年上の男、微塵も風流っ気など持ちあわせていない筑前守殿に対して感じたのではなかろうか。

旅人本人はといえば、妻を喪なってまもない時に詠んだ次の有名な歌にも明らかなように、直情をもっておのれの悲嘆を詠いあげ、いささかの知的・哲学的苦悩も歌には投影しない人だった。

世の中は空《むな》しきものと知る時しいよよますます悲しかりけり　巻五・七九三

彼はさらに、亡妻への綿々たる追慕の思いを、大宰府にあっても、京へ帰る途上にも、さらに帰京後も、くり返し歌っていて、憶良がご親切にも「愛河の波浪はすでに滅《き》え　苦海の煩悩もまた結ぼほるといふことなし　従来《むかしより》この穢土《えど》を厭離《えんり》す　本願をもちて生を彼《そ》の浄刹《じやうさつ》に託《よ》せむ」と詠んでくれたような心境は、薬にしたくも持ちえなかったのだった。おそらく数歳程度憶良が年長であっただろうが、ほぼ同世代に属するこの二人の老詩人の、これほどにも鮮かな資質の違いは、それだけでも面白い観ものである。しかしまたそれゆえに一層、この二人が九州の地で、たぶん心にたえず反撥し合いながらも、よき刺戟を与え合っておのずと作りあげる結果になった新しい文学の世界は、古代詩歌史におけるまことに貴重な果実だったといわねばならない。

私が万葉歌人の中で、作風からして最も好ましく思うのは旅人である。

（以下略）

中嶋真也（なかじま・しんや）
＊1973年千葉県生。
＊上智大学卒業。東京大学大学院博士課程修了。
＊現在　駒澤大学教授。
博士（文学）。
＊主要論文
「『心もしのに』考」（「国語と国文学」第80巻第８号、2003年８月）
「月と譬喩―満誓『月歌』を中心に―」（「美夫君志」72号、2006年３月）
「『万葉集』の平城京」（「国語と国文学」第87巻第11号、2010年11月）
「『古事記』因幡の白兎」（『鳥獣虫魚の文学史　日本古典の自然観１　獣の巻』、三弥井書店　2011年３月）

大伴《おおとも》旅人《たびと》　コレクション日本歌人選　041

2012年（平成）８月30日　初版第１刷発行
2019年（令和）５月１日　再版第１刷発行

著　者　中嶋真也
監　修　和歌文学会

装　幀　芦澤泰偉
発行者　池田圭子
発行所　有限会社　笠間書院
東京都千代田区神田猿楽町2-2-3［〒101-0064］
電話　03-3295-1331　FAX　03-3294-0996

NDC分類　911.08

ISBN978-4-305-70641-6

印刷／製本：シナノ
（本文用紙：中性紙使用）

コレクション日本歌人選 第Ⅰ期～第Ⅲ期

第Ⅰ期 20冊 （2011年（平23）2月配本開始）

No.	書名	読み	著者
1	柿本人麻呂	かきのもとのひとまろ	高松寿夫
2	山上憶良	やまのうえのおくら	辰巳正明
3	小野小町	おののこまち	大塚英子
4	在原業平*	ありわらのなりひら	中野方子
5	紀貫之*	きのつらゆき	田中登
6	和泉式部*	いずみしきぶ	高木和子
7	清少納言*	せいしょうなごん	坪美奈子
8	源氏物語の和歌*	げんじものがたりのわか	高野晴代
9	相模	さがみ	武田早苗
10	式子内親王*	しょくしないしんのう（しきしないしんのう）	平井啓子
11	藤原定家*	ふじわらのていか（さだいえ）	村尾誠一
12	伏見院	ふしみいん	阿尾あすか
13	兼好法師*	けんこうほうし	丸山陽子
14	戦国武将の歌*	せんごくぶしょうのうた	綿抜豊昭
15	良寛	りょうかん	佐々木隆
16	香川景樹*	かがわかげき	岡本聡
17	北原白秋*	きたはらはくしゅう	國生雅子
18	斎藤茂吉*	さいとうもきち	小倉真理子
19	塚本邦雄*	つかもとくにお	島内景二
20	辞世の歌*		松村雄二

第Ⅱ期 20冊 （2011年（平23）10月配本開始）

No.	書名	読み	著者
21	額田王と初期万葉歌人	ぬかたのおおきみとしょきまんようかじん	梶川信行
22	東歌・防人歌*	あずまうた・さきもりうた	近藤信義
23	伊勢	いせ	中島輝賢
24	忠岑と躬恒	みぶのただみねとおおしこうちのみつね	青木太朗
25	今様	いまよう	植木朝子
26	飛鳥井雅経と藤原秀能	あすかいまさつねとふじわらのひでよし	稲葉美樹
27	藤原良経	ふじわらのよしつね（りょうけい）	小山順子
28	後鳥羽院*	ごとばいん	吉野朋美
29	二条為氏と為世*	にじょうためうじとためよ	日比野浩信
30	永福門院	えいふくもんいん（ようふくもんいん）	小林守
31	頓阿	とんあ（とんな）	小林大輔
32	松永貞徳と烏丸光広	まつながていとくとからすまみつひろ	高梨素子
33	細川幽斎*	ほそかわゆうさい	加藤弓枝
34	芭蕉	ばしょう	伊藤善隆
35	石川啄木*	いしかわたくぼく	河野有時
36	正岡子規*	まさおかしき	矢羽勝幸
37	漱石の俳句・漢詩		神山睦美
38	若山牧水*	わかやまぼくすい	見尾久美恵
39	与謝野晶子*	よさのあきこ	入江春行
40	寺山修司*	てらやましゅうじ	葉名尻竜一

第Ⅲ期 20冊 （2012年（平24）6月配本開始）

No.	書名	読み	著者
41	大伴旅人	おおとものたびと	中嶋真也
42	大伴家持	おおとものやかもち	池田三枝子
43	菅原道真	すがわらのみちざね	佐藤信一
44	紫式部*	むらさきしきぶ	植田恭代
45	能因	のういん	高重久美
46	源頼政	みなもとのよりまさ（よりまさ）	高野瀬恵子
47	源平の武将歌人*		橋本美香
48	西行★	さいぎょう	上宇都ゆりほ
49	鴨長明と寂蓮	ちょうめいとじゃくれん	小林一彦
50	俊成卿女と宮内卿	しゅんぜいきょうのむすめとくないきょう	近藤香
51	源実朝	みなもとのさねとも	三木麻子
52	藤原為家	ふじわらのためいえ	佐藤恒雄
53	京極為兼★	きょうごくためかね	石澤一志
54	正徹と心敬	しょうてつとしんけい	伊藤伸江
55	三条西実隆	さんじょうにしさねたか	豊田恵子
56	おもろさうし*	おもろさうし	島村幸一
57	木下長嘯子	きのしたちょうしょうし	大内瑞恵
58	本居宣長	もとおりのりなが	山下久夫
59	僧侶の歌*	そうりょのうた	小池一行
60	アイヌ神謡集ユーカラ		篠原昌彦

＊印は既刊。　★印は次回配本。

『コレクション日本歌人選』編集委員（和歌文学会）
松村雄二（代表）・田中登・稲田利徳・小池一行・長崎健